中国十大喜剧故事

吴茹芝·编

陕西新华出版 三秦出版社

图书在版编目（CIP）数据

中国十大喜剧故事 / 吴茹芝编 . -- 2 版 . -- 西安：三秦出版社，2008.04（2024.1 重印）

（国学百部文库）

ISBN 978-7-80628-595-4

Ⅰ．①中… Ⅱ．①吴… Ⅲ．①故事－作品集－中国－当代 Ⅳ．① I247.8

中国版本图书馆 CIP 数据核字（2008）第 036247 号

书　　名	中国十大喜剧故事
作　　者	吴茹芝 编
责　　编	周世闻
封面设计	新华智品

出版发行	三秦出版社
社　　址	西安市雁塔区曲江新区登高路 1388 号
电　　话	（029）81205236
邮政编码	710061
印　　刷	北京一鑫印务有限责任公司
开　　本	680×1020　1/16
印　　张	9
字　　数	150 千字
版　　次	2008 年 4 月第 2 版
印　　次	2024 年 1 月第 2 次印刷
标准书号	ISBN 978-7-80628-595-4

定　　价	39.80 元
网　　址	http://www.sqcbs.cn

前　言

戏剧是我国古典的传统文化艺术，也是老百姓最喜闻乐见的艺术形式。数百年来，人们对许多优秀的剧目都非常熟悉，一些戏剧里塑造的人物形象也早已家喻户晓、妇孺皆知，如《西厢记》里的红娘、《李逵负荆》里的李逵都一直活跃在舞台上。

我国的戏剧萌芽于先秦时期，在汉唐时初具雏形，宋金时日臻成熟，而到元明时则达到鼎盛，所以元明时期是我国戏剧繁荣的时期。

在百家纷呈的戏剧作品中，喜剧是最脍炙人口、引人捧腹的剧目，它所体现的矛盾冲突大多是可以解决的，内容多半是对寻常的、滑稽可笑的事件进行描绘和表述，最终结局也多归于欢喜团圆，满足了广大人民心中团圆的愿望。

我国的古典喜剧具有民族特征，反映了古代社会的生活面貌。其中所描写的故事有对正义的讴歌，也有大胆的讽刺，有善意的揶揄，也有直陈的痛骂，因此，按照内容与主旨的不同，我国的喜剧又大概分成两类：一是侧重于肯定和歌颂的歌颂性喜剧，一是侧重于否定和批判的讽刺性喜剧。

歌颂性喜剧多是歌颂爱情，歌颂正义，歌颂劳动人民对压迫的反抗，人们可以从这些戏剧中看到一个个为生活、为理想抗争的鲜活而光辉的人物。而讽刺性喜剧则是以否定陈旧事物，揭露反面人物的丑陋为主，剧作家们以嬉笑怒骂的态度，把一些可笑可鄙人物的性格、动作、情态刻画得淋漓尽致，让人们从中看到滑稽愚蠢，得到开怀一笑。

喜剧是笑的艺术，人们可以从笑声中体味人生百态，可以从喜剧反映的某个侧面，了解具有全局意义的东西。

为了让广大读者增进对这份优秀的文化遗产和艺术遗产的了解，我们从元明清杂剧中选取了十部具有代表性和较高艺术性的喜剧名篇，分别为关汉卿的《救风尘》、白朴的《墙头马上》、王实甫的《西厢记》、康进之的《李逵负荆》、郑廷玉的《看钱奴》、施惠的《拜月记》、高濂的《玉簪记》、康海的《中山狼》、李渔的《风筝误》、吴炳的《绿牡丹》等以飨读者。

此次编选中，我们省去了戏剧的原文，直接将剧本编成通俗易懂的白话文，并在每篇故事后面附有赏析，以让读者更好地理解故事内容，更多地了解作者生平和创作背景，增进对我国古代传统文化的了解。另外，每篇故事中还配有相应的插图，图文并茂，以便更好地让广大读者在轻松愉快中品味喜剧故事带来的欢乐。

编　者

2008 年 8 月

目 录

救　风　尘

元朝的时候，汴梁有个年轻的歌伎，叫宋引章。她聪明伶俐，天真可爱，体态轻盈，姿容秀丽，原是本分人家的女儿，只因父亲去世得早，与母亲相依为命，她为了生计，无奈沦落风尘，每日强作笑颜去侍奉那些花花公子。几年卖笑的生活，让宋引章尝尽了人间冷暖，所以她一心盼望着能早日从良，脱离苦海。

郑州城内有一个名叫周舍的年轻人，出生在官宦之家，自幼娇生惯养，不好读书，长大后寻花问柳，经常出入于青楼粉房，是风月场中有名的浪荡公子。周舍经常到汴梁的妓院寻欢作乐，早就对年轻貌美的宋引章垂涎三尺，于是就想方设法地接近宋引章，每天缠着她，对她甜言蜜语，百般殷勤体贴。日子久了，涉世不深的宋引章真的动了心，认为周舍对她是真心实意，甚至决定要嫁给他。

一天，宋引章的母亲看出女儿的心事，劝道："孩子，那周舍是个有名的浪荡子弟，他现在用花言巧语讨你欢心，以后未必能对你好，婚姻大事草率不得，娘怕你跟了这种人日后会吃苦的。"可宋引章早就被周舍哄得团团转，对母亲的话一点也听不进去，还说："周郎对我好着呢！我盼着能早日与他完婚，踏踏实实地过良家女子的生活。"母亲拗不过她，勉强同意了这件婚事。

这可美坏了周舍，他赶忙准备了彩礼，打扮得整整齐齐去见宋母。宋母对他很是反感，说："我女儿愿意嫁你，我不阻拦，但你日后不许欺负她！"周舍满脸赔笑，道："我心疼还来不及呢，怎么敢欺负她？母亲大人请放心，我不会让她受半点委屈的，我会夏天给她扇扇，冬天给她生火，要是对娘子不好了，我情愿遭雷劈……"虽说宋母对周舍印象很不好，但看他这副样子，心里也就多少放宽了些。

宋引章要嫁周舍的消息，传到一个人耳朵里，让他十分着急难过，这人就是书生安秀实。安秀实自幼苦读诗书，但几次赶考都没考中，生活得很清贫。一个偶然的机会他认识了宋引章，两人一见钟情，而且曾私订终身，但因安秀实家境贫困，婚事只能拖了下来。宋引章被周舍缠住以后，就渐渐冷落了安秀实。

安秀实现在是心如乱麻，坐立不安，但又想不出好的办法。他觉得这个时候只有宋引章的八拜姐妹赵盼儿能帮他，于是就去找赵盼儿。赵盼儿是个有着侠肝义胆的热心人，她虽然年纪不大，但饱经沧桑，而且对周舍这一类纨绔子弟非常痛恨，早就看透了这帮人的恶毒和虚伪，她想到许多和她一样的青楼姐妹卖笑度日的苦楚，每个人都恨不得早日从良嫁人，可又有几个嫁了人不受虐待的？ 那富家子弟中又有谁愿与一个妓女相敬如宾地过日子？ 一个个都是好不容易找个有钱郎君，急急地出嫁，可没几天就被折腾得人不人鬼不鬼的，真如同是出了狼窝又入虎穴！ 弄不好周舍娶宋引章也是个陷阱呀！ 她不禁落下泪来，这种赔笑混日子的生活几时是个头儿呀？

赵盼儿对安秀实说："你先在这里坐一会儿，我现在就去劝劝她。"然后，换了件衣服就出门了。赵盼儿来到宋家，正碰上宋引章要出门，就问道："哟，妹妹，你今儿打扮得这么漂亮，是要去见哪家公子呀？"

"姐姐，你来得正好，我正想告诉你呢，我今天不是去应酬，以后也不再去应酬了，我要嫁人了。"宋引章一边给赵盼儿让座，一边喜滋滋地说着。

"是吗？ 姐姐也正想给你保门亲呢！"

"你保谁？"

"安秀实呀！ 你们不是挺要好吗？ 他可是个本分人呀！ 跟了他保你不会受气的。"赵盼儿见缝插针地说。

宋引章此时早已被荣华富贵的美梦冲昏了头脑，她一听是穷得叮当响的落榜书生安秀实，就有点不耐烦了，说："姐姐难不成是想让我跟着他一块儿要饭吃吗？ 那个安秀实，一点出息都没有，窝窝囊囊的。实话告诉你吧，我要嫁的是周舍。"

"你怎么能嫁给周舍那种人呢？ 你看他对哪个专心过？"

"姐姐，可是他对我是真心的，他夏天替我打扇，冬天给我暖被，吃饭的时候替我挑去筋和皮，出门的时候帮我选衣服首饰，是世上不多见的细心人，妹妹嫁了他，就算逃离苦海了。"

　　"妹妹，婚姻大事，要三思而后行。风月场中的公子哥儿，不会是好丈夫，好丈夫都不会到这种地方来嫖妓。这些浪荡儿穿得好也是衣冠禽兽，说得好听也是虚情假意，姐姐是怕你日后受周舍的气。"赵盼儿越说越激动。

　　"你把周舍说得太坏了，他和别的公子哥儿不一样，他是真心对妹妹的。这件事我心意已定，你就别再劝我了。"宋引章开始不耐烦地收拾起衣物来。

　　"好了，你要实在不听我的话，日后吃了苦头，可别回来找我！"

　　宋引章也赌气说："你放心，我就是被周舍打死，也不会回来求你！"

　　赵盼儿见劝不动她，还惹一肚子气，正想往外走，碰巧周舍带着人来送彩礼了。周舍见了赵盼儿，赶紧赔笑说："姐姐请留下吃饭。"赵盼儿正没好气，这下有处撒了，冲他喊道："谁稀罕你的饭菜，难道我穷得揭不开锅了？""不是不是，我是想请姐姐保个媒。""保谁？""她呀！"周舍冲里屋努努嘴，赵盼儿故意抬高了声调说："哎呦，保她哪样儿呢？是保她粉颜纤指？还是保她刺绣铺床，大裁小剪？还是保她生儿育女？呸！我可没工夫管这闲事儿！"说完就生气地走了。周舍冲着她的背影骂道："臭娘儿们，好一张刺儿嘴！今天老子我不用你也照样成事儿，没你保亲，我也照样能娶宋引章！"

　　赵盼儿惹了一肚子的气回来，安秀实还在那儿傻等着呢！一见她回来，就追上来问："怎么样了？"赵盼儿一下子不知该说什么，只坐下来叹气。安秀实心里也就明白了几分，知道劝说不成了，沮丧地说："既然这样，那我还是去赶考吧！"赵盼儿见他一副可怜的样子，就劝道："安秀才，你也不必太难过，有好的姑娘我会再给你保亲的。现在离考期还远，你也不必急着走，可以先在客店住下来，周舍和宋引章的事儿也说不定会怎样呢。"于是，安秀实就听了赵盼儿的话，回客店去了。

　　周舍总算把宋引章娶回了郑州，可没过几天就对她没兴趣了，整日找那些狐朋狗友寻欢作乐，而且喝醉酒就回家对宋引章拳打脚踢，看到宋引章就想起为娶她而费的周折，越想越觉得不值。那些朋友知道了周舍的新媳妇原来是个妓女，也找机会故意嘲笑他，周舍就把气全撒在了宋引章的身上，对她甚是虐待，还莫名其妙地编造谣言和别人一起拿宋引章取乐，说什么娶亲回郑州的时候，轿夫觉得轿子老晃，周舍掀帘一看，原来是宋引章脱光了衣服在轿子里翻筋斗；又说宋引章根本不会做针线活，一次缝被子的时候，把自己和隔壁的王婆都套在被子里面出不来了。除了这些，他还经常无端地大发脾气，动不动就打得宋引章遍体鳞伤，苦不堪言。

宋引章想想自己的经历，父亲早亡，与母亲相依为命过着苦日子。到了青楼又是赔笑伺候那些公子大爷，委屈无处诉说，好不容易盼到从良嫁人，一心想把周舍侍奉好，能像良家妇女那样过正常的生活，可不承想竟找了一个如此心肠狠毒的人。她甚至哭着跪着求周舍休了她算了，可周舍瞪着眼睛冲她嚷道："你这个臭婊子，想得倒美！我告诉你，有打死的，没有买休卖休的，我就是打死你，也不会把你白白休掉的！"

宋引章知道自己走到这一步是因为当初不听母亲和赵盼儿的好言相劝，结果吃了苦头，实在不能够怨别人。可是现在除了母亲和赵盼儿又没有别人能够帮她，于是她趁周舍出去喝酒的时候，偷偷写了封信托隔壁做生意的王货郎捎给汴梁的母亲。

宋引章的母亲接到信后，心如刀绞呀！知道女儿在那恶棍手里受着凌辱，哪个母亲能不心痛万分呢？她恨女儿当初不听劝告，被周舍迷住了心窍，可现在说这些不是都晚了吗？女儿在受煎熬，当娘的一刻也忍不下去，她拿着信流着泪就去找赵盼儿。

赵盼儿见宋母哭哭啼啼来找她，吃了一惊。宋母哭诉道："盼儿呀，引章当初不听你劝告，非要嫁给周舍，现在周舍变心了，对她朝打暮骂，现在已浑身是伤，都快撑不下去了。你们是好姐妹，你一定要想办法救救她呀！"赵盼儿虽然为宋引章顶撞她的事心存不快，但她绝不是见死不救的人，知道自己的姐妹在受欺辱，心里也很不是滋味儿，她不假思索地取出自己好不容易才攒下的两个银元宝，对宋母说："您老人家别急，我这里有些银子，您拿去给周舍，求他把宋引章休了吧！"宋妈妈摇摇头说："恐怕那个畜生是不会轻易把她休掉的！就不能想别的办法救她了吗？"边说边把信拿给赵盼儿看。赵盼儿看见信，就更加想念起当初姐妹在一起相处的日子，没想到周舍真想把妹妹往死里折磨，她不由得心头生起一股怒火，恨不得马上把那畜生碎尸万段！可她一下子也想不出该如何去做，急得在屋子里转来转去，忽地一转身，她瞥见自己在镜中的样子，便陡然生出一个主意，于是她附在宋母的耳边小声说了几句。宋母有些怀疑地问："那样能行吗？"赵盼儿说道："对付周舍这种流氓，也只能这样了，只盼能早些救出我那可怜的妹妹。"说完就匆匆给宋引章回了封短信交给宋母，让她赶紧回去给捎信的人再带回郑州，而且安慰宋母道："您放心吧，我不会有事的，我能让他乖乖地把休书写了，他要不肯写，我就让他拈一拈，搂一搂，抱一抱，让他浑身受不了，弄得他痒痒的却又吃不着。不过您老放心，我和周舍这类人打交道多年，不会让他占了便宜去。"

宋引章母亲走后，赵盼儿把一个叫小闲的小厮找来，让他准备车马，自己收拾了两箱衣物行李，然后打扮得妖艳迷人，还对着镜子扭了扭那纤细的腰肢，问小闲："小闲，你看我这打扮，能迷住周舍吗？"小闲说："姐姐，别说周舍，就连我见了你都被迷住了，那周舍还不被迷得走不动路了？"赵盼儿笑了笑，心想：周舍这个王八蛋，看我怎么收拾你。于是吩咐小闲驾车直奔郑州城。

周舍在郑州开了一家客店，他开店的目的，一是赚钱，二是为自己寻花问柳提供方便。他对店小二说："不管明妓还是暗娼，只要有好的来，你就来叫我。"店小二说："你到处走，不在家，一时间来了好的，我到哪里找你去？"周舍说："到妓院里找我。""妓院里没有呢？""那就到赌场去找。""赌场里没有呢？""那就到牢房里去找好了。"店小二便吓得不敢再问了。

赵盼儿和小闲走在街上，赵盼儿的风韵吸引了不少人的目光，尤其是那些浪荡公子哥儿，一个个被迷得魂儿都快飞出去了，眼睛都酸溜溜的，有几个甚至跟在赵盼儿的屁股后头讨好起来。赵盼儿想着自己的心事，不去理会他们。这时周舍的小二看见了，急忙跟过来把赵盼儿引进客店，安顿了他们，就去找周舍。周舍正在和几个浪荡子弟喝酒，一听说店里来了漂亮的娘们儿，美得嘴角差点咧到后脑勺，就一扭一歪地急匆匆跟小二回来了，生怕被别人先抢了去。

赵盼儿这时又添了些脂粉，整了整衣襟，真是妖媚动人，如花似玉，一见周舍进来，她就娇滴滴地往前迎着说："哟，是周舍哥哥呀，看来我那妹子真是有两下子呀，瞧把您侍候得这么精神，越发年轻了，我那妹子有福气呀，嫁了您这

中国十大喜剧故事

样一个千里难寻的好丈夫！"

周舍看赵盼儿只觉得有些面熟，一时又想不起来在哪儿见过，但早已被赵盼儿的身段和娇媚的容貌吸引，就讨好地说："哦，你在客店里弹筝，我送过你一块绸缎？"

赵盼儿转身冲小闲使个眼色，问道："小闲，可曾见过他的绸缎？"

小闲答："我没看见过。"

周舍转到赵盼儿的另一边讨好说："想起来了，我在饭馆里请你吃过饭，对吗？"

赵盼儿问小闲："有这回事吗？"

小闲答："谁吃过他请的饭！"

周舍正慌得不知怎么讨好她，忽地认出她就是赵盼儿，一下子变了脸色，斜着眼说："原来你是赵盼儿！好呀，你当初破坏我的亲事，我早想找你算账，今天你倒自己找上门了。小二，先把她们给我关起来！"小闲急忙上前拦住，可周舍一个巴掌差点把小闲打个趔趄，小闲急了，冲他嚷道："好你个周舍，我跟我姐姐从汴梁到郑州，跑这么远的路来嫁你，连嫁妆都带来了，你不问青红皂白，竟这般对待我们，我姐姐看上你真是瞎了眼了！"

周舍一听这话，丈二和尚摸不着头脑，愣在那里，心里又是惊讶，又是窃喜，因为他早已被赵盼儿的娇艳和风骚迷住了，可又觉得事情来得有点突然，于是转身问赵盼儿："是真的吗？"赵盼儿故意假装拭泪满腹委屈的样子，娇滴滴地说："自你在汴梁的时候，我就知道你英俊潇洒，心地善良，体贴女人。每见到你风流倜傥的样子，就会折磨得我茶饭不思，夜不能寐，而且一心想与你长相厮守，等着你有一天注意到我。可你偏要娶宋引章，宋引章是我多年的姐妹，你娶她我也没什么说的，可你却让我来保亲，你这不是成心给我难看吗？所以当初我给你破亲，是在生你的气。你娶了宋引章以后，我心里还是放不下你，日日思念，夜夜盼望，所以就带着衣服嫁妆来找你，人家铁了心地要跟你，可你却要打我……"说着就又呜呜地哭了起来。

这一番烫心肺的话可说得周舍神魂颠倒了，他色眯眯地看着赵盼儿说道："我刚才真的不知道是这么回事，我该打，该打。"说着，故意讨好地往自己脸上拍了两下，又厚着脸皮对小闲说："刚才是我错打了你，还请你大人不计小人过。"赵盼儿这时故意往周舍身边凑了凑，酸溜溜地说道："你先前若真的不知道，我也就不跟你计较了，现在你既然明白我的意思了，我就叫你哪也不许去，在这里陪我待上一整天。"周舍心里那个美呀，就别提了，说道："别说一天，就是两天、三天，我也愿意，你说像你这样的美人坏子，谁不愿守着呢？"他边说边坐在赵盼儿的床边，伸手要拉赵盼儿。周舍正做美梦的时候，宋引章风风火火地跑了进来，她一看周舍和赵盼儿两人挤眉弄眼，拉拉扯扯的，也不知道哪里来的一股子勇气，一把拉开赵盼儿，冲着周舍大骂："你这个不要脸的东西，跑到这里鬼混，还不快回家去！"转身又指着赵盼儿大骂："你这个臭婊子，真是脸皮厚，竟跑到这里来勾引我男人！"平时都是周舍打骂宋引章，他哪里挨过宋引章的骂呀，况且今天赵盼儿还在这里，他恼羞成怒，抓起一根棍子就要打宋引章。赵盼儿可清楚周舍是个敢把人往死里打的主儿，就趁机挡在周舍面前说："好呀，周舍，原来你们两口子合起伙儿来欺负我，我这是造的什么孽呀！你既已答应娶我，为什么不快点把宋引章那个贱妇休了？还让她来这里羞辱我？小闲，人家既舍不得休掉宋引章，咱们还是紧快回去吧。"说着，又娇滴滴地抹起眼泪来。赵盼儿吸引住周舍的注意力，宋引章则早已不知不觉地溜了出去。

周舍赶忙扔下棍子去哄赵盼儿："好姐姐，别哭了，我真的不知道那个贱人会来这里，要是我指使她来的，我肯定会不得好死！我今天就回去休了她！"可周舍这话一出口，又觉得有些不稳妥，他自己思量起来："我休宋引章肯定不会有什么麻烦，她平时都被我打怕了，不会赖着不走的。只是这个赵盼儿，到时候万一再变卦可怎么办？那我岂不是竹篮打水一场空吗？"想到这里，他对赵盼儿说："我的姑奶奶，要是我休了宋引章，你再不嫁我了，怎么办呢？"

赵盼儿早就料到周舍不是个吃干饭的，就扬起眉嗔怒道："周舍呀周舍，我对你都快把心掏出来了，你还在怀疑我，我可是铁了心地来嫁你，你今天休了宋引章，我就马上跟你成亲，如果我再变卦，那我出门被乱马踩死！"周舍见赵盼儿敢起这么重的誓，心就放松了许多，乐得摇头摆尾地在屋子里转起来。

周舍马上吩咐店小二去备酒，小闲说："不用了，姐姐带来了十坛好酒。"周舍又让店小二去买羊，小闲说："羊也不用买，我们车上带来了一只现成的羊。"周舍说："那就去买些红绸来。"赵盼儿说："红绸也不用买了，我的箱子里带了好多红绸子。"周舍见赵盼儿做的一切准备都顺着他的心意，真是心里乐开了花。这时赵盼儿又上前来给他敬酒，

并说起甜言蜜语："周舍呀，你看哪个像我一样倒赔钱财来嫁人的，我是真心想跟你过日子的。针指油面，刺绣铺床，大裁小剪，我样样都拿得出手，你休了宋引章，我能把你侍候得舒舒服服的。"

赵盼儿一边说着，一边连连给周舍敬酒，还眉眼传情，挑逗周舍，直到把周舍弄得醉了七分，摇摇晃晃地起来说回家去马上休掉宋引章。

宋引章从客店回来后，收拾好自己的首饰衣物之类，还故意给周舍做了些饭菜，正寻思着周舍怎么还不回来，周舍就跌跌撞撞地进了门，宋引章给他端饭，他夺过来就摔在地上，大骂道："你这个贱妇，吃我的，喝我的，还敢出去给我撒野，我今天一定休了你！"他命人拿来纸和笔，很快便写了一封休书，塞给宋引章后就往外推她，还骂道："你这个贱人，快滚！别让我再见到你，否则我非打死你不可！"宋引章还假装委屈地哭道："你凭什么休了我呀？我哪点没侍奉好你？我跟了你挨打受气不说，还落得个被休回家的下场，我当初真是瞎了眼呀！"周舍还嫌她啰唆，使劲儿地把她推出了大门外，把她的衣服也扔了出来，然后哐地一声把大门关上了。宋引章这时心中暗自高兴，终于要脱离虎口了，她拾起衣服急忙到客店去找赵盼儿。

赵盼儿和小闲早已在那里等她了。两姐妹见了面又是难过，又是高兴，相互间都积蓄了一肚子的话要说，两个人紧紧地抱在一起不愿分开。宋引章把休书拿给赵盼儿看，赵盼儿看了看，过了一会儿又交给宋引章说："一定把休书收好。"说完三人驾车直奔汴梁。

周舍把宋引章赶走之后，还做着娶媳妇的美梦，他叫人把屋子收拾干净，挂了大红绸子，把自己娶宋引章时的新郎官衣服也找出来穿上，还往头上抹了油，美了一阵子就去客店接赵盼儿。到了客店，不见了赵盼儿，就问店小二，小二说："你走之后，她们就离开了。"周舍一下子明白是中计了，说："给我备马，我要去追她们。"可小二说马要下崽了，周舍没办法，撒腿就追。他好不容易堵住了她们，却早已累得上气不接下气，冲她们喊："你们休想跑掉，宋引章，你是我的老婆，你不能跑。"宋引章说："你自己写的休书，把我赶出来，我不是你的老婆了。"可周舍毕竟是个狡猾多端的人，他说："小贱人，你以为我会上你们的当吗？那休书是假的，我只印了四个手指头。"宋引章一听慌了，急忙掏出来看，周舍一把抢了过去，狠狠地撕掉了。宋引章没想到好不容易到手的休书又这么快被毁了，急得直哭。周舍又指着赵盼儿说："赵盼儿，你也是我老婆，你和我喝酒定了亲的。"

"那是我自己带来的十坛好酒。"

"你要了我的羊！"

"那是我自己带来的熟羊。"

"赵盼儿，你别耍赖，你自己发过誓要嫁给我！"

"笑话！你这种人也配质问这些！你自己发过多少誓又反悔了，恐怕连你自己也数不清了吧！"

周舍被顶得哑口无言，十分狼狈。他气急败坏，扑上来就想揍宋引章，宋引章吓得往赵盼儿后面躲，赵盼儿理直气壮地说："不用怕他，他刚才撕的是假休书，真的休书我早替你藏好了，他再有本事也抢不去！"

周舍看来没办法了，就想仗着自己老子是郑州同知，到衙门里去治她们的罪，三个人拉拉拽拽地到了衙门府，周舍一进门就大喊："冤枉！"郑州太守李公弼问："你有什么冤屈？"周舍说："大人要帮我呀！她把我的媳妇拐跑了。"李公弼又问赵盼儿："是这样吗？"赵盼儿说："宋引章本来已与安秀实有了婚约，是周舍强行娶了宋引章，可又无故对老婆朝打暮骂，凶狠无比。今天是他自己写了休书，又来耍赖。我这里有他亲手写的休书，请大人过目。"说着，把休书呈了上去。

正在这时，门外又有人喊冤，李公弼赶紧叫人带进来，来人正是安秀实，李公弼问他："你有何冤屈？"安秀实说："我叫安秀实，与宋引章早已订下婚约，但周舍蛮不讲理强行夺娶，我这里有与宋引章订婚的信物。"说着，把一只凤头钗呈了上去。

李公弼听到这里，就都明白了，对周舍说："周舍，你顽恶成性，不安分守己，做出这么多荒唐事，要不是看在你父亲在这里做官的分儿上，非把你打入大牢不可。"然后一拍惊堂木，判道："周舍杖打六十大板，与百姓一样去田里耕作；宋引章仍为安秀实之妻，好好回家过日子。"

听了这些，赵盼儿、宋引章和安秀实都非常高兴，他们谢过李公弼，出了衙门，一起高高兴兴地驾车回汴梁去了。周舍挨了六十大板，一拐一瘸地走出衙门，很不情愿地和老百姓一起去地里干活了。这个虚伪狡诈的浪荡公子终于受到了惩罚。

关汉卿，生卒年不详，号已斋叟，大都人（一说燕人），元代前期的戏曲作家。关汉卿"高才风流"，《析津志》上记载他："生而倜傥，博学能文，滑稽多智，蕴藉风流，为一时之冠。"他与杨显之、梁进之是莫逆之交，与白朴、马致远、郑光祖合称为"元曲四大家"。关汉卿是个全面的戏曲作家，一生创作极为丰富，不管是喜剧、悲剧，还是正剧，都有很大的成就。所作剧本达六十多种，现存十八种，其中《窦娥冤》《救风尘》

关汉卿

《望江亭》《拜月亭》《单刀会》等剧作流传十分广泛。他的作品反映生活广阔而深刻，或取材于现实，或借助于历史故事，暴露了元代黑暗、混乱的社会现实，揭示了统治者与人民之间的矛盾，成功地塑造了各色各样的人物形象，在剧坛中占有特别的位置。关汉卿的戏剧创作在中国戏曲史上和中国文学史上都有很高的地位和深远的影响。

《救风尘》是一部反映风尘女子生活的戏剧，写的是有胆有识的赵盼儿智斗市井无赖，救出同伴宋引章的故事。宋引章因家贫沦落风尘，厌倦卖笑的日子，一心想跳出火坑从良，她选择了纨绔子弟周舍。周舍是个花花公子，他对宋百般殷勤，不过是贪恋宋的美色，为把宋弄到手而已。宋引章被周舍的表面温存迷惑，决心嫁给他。而宋的八拜姐妹赵盼儿听说此事后，极力来劝阻。赵盼儿是个才智过人的女子，多年的卖笑生涯，让她看透了那些浪荡公子的伎俩，她知道一个风尘女子是不可能轻易过上幸福自由的生活的，周舍是什么样的人，她看得很清楚。但宋引章被眼前假象迷住心窍，她不听赵盼儿的劝告，执意嫁给了周舍。成亲后，周舍原形毕露，对宋朝打暮骂，宋引章难以忍受屈辱和折磨，后悔当初没听义姐的话，万不得已，只好偷偷让人送信给赵盼儿，让赵盼儿救她。赵盼儿接到宋的信后，虽埋怨宋当初不听劝告，但念及姐妹之情，她不能袖手旁观。赵盼儿抓住周舍喜新厌旧、贪恋女色的特点，安排了周密的计划，以自己的美貌作饵，巧妙设计哄骗周舍，一步步引周舍上钩，让周舍写下了休书。宋引章得休书后，和赵盼儿一起逃走。周舍半路追来，抢过休书撕掉，并妄图带赵盼儿和周引章一起回家做他的老婆。而赵盼儿料到他的阴险，早把真的休书藏起来。周舍无计可施，三人对簿公堂，太守明断，判周舍服役，宋赵二人归家，赵盼儿以自己的聪明才智、胆略计谋救出了宋引章。

关汉卿以深入的触角真实描写了妓女的悲惨生活，自觉地把历来被非难、被侮辱、被损害的下层妇女作为正面形象加以肯定和颂扬。《救风尘》对妓女命运的关注，不仅表现在对她们的怜悯和同情上，更重要的是肯定和赞扬了她们的觉醒和反抗。剧中的赵盼儿不但受人喜爱，更让人敬佩，她的胆识才略让人拍案叫绝，她凭着丰富的生活阅历，对现实有清醒的认识，看透周舍一类花花公子的虚伪狡诈和薄情寡义，所以她力劝宋引章不要误入火坑。当宋引章遭难，她不计前嫌，出手相救。她的光彩不单在于她能"独善其身"，更在于她斗智斗勇，维护自家姐妹不受迫害的侠义心肠。要救出宋引章必须智取，且相当冒险，赵盼儿做好周密细致的安排，以自己的色相作诱饵，一步步引周舍上当，"以其人之道，还治其人之身"。这其中的惊险与机巧都是她一人安排的。让狡猾的周舍入瓮，确实不是简单的事儿。周舍千方百计把宋引章娶回家，是不会轻易休掉的，他让人准备羊、酒、红绸等是要把与赵盼儿的亲事做牢靠，后来发现自己上当，又抢过休书撕掉，但他的伎俩都被赵盼儿一一化解，周舍对付宋引章绰绰有余，但对赵盼儿，却是黔驴技穷。赵盼儿的胆略和魄力足以让这个花花公子一败涂地。

在宋引章身上，我们看到作为风尘女子的痛苦和悲惨，她厌恶卖笑生活，希望过平凡正常的夫妻生活。但她太天真幼稚，男人的几句甜言蜜语，假意殷勤，就迷昏了她的头脑，她急于嫁人的心理让她轻易上当。宋引章还对生活充满幻想，不知道从良的艰难，不知道自己与那些有钱的公子哥儿有不可逾越的鸿沟，所以她轻信了周舍，听不进赵盼儿的劝告。大凡妓女者，皆遭人轻贱，遇到一两个殷勤体贴的，怎能不为之倾心？宋引章受了周舍的骗，也不能全归之于她的软弱和爱慕虚荣，而真正在于她现实生活中处境的痛苦。

赵盼儿和宋引章同是风尘女子，一个成熟智慧，一个年轻无知，但成熟智慧是从年轻无知走过去的。赵在劝阻宋时就流露出她的隐痛，也许现在的宋引章就是以前的赵盼儿。赵也曾对生活怀有梦想，对爱情向往憧憬，但也曾同样遭到现实的玩弄。而多年在风月场中游走，她逐步看清楚现实的残酷，所以她把从良的梦想砸碎，让自己变得勇敢坚强。

赵盼儿能看透周舍一类人的虚伪狡诈是用血泪换来的，所以在看到宋引章被人糟踏迫害时，她如同看到当初的自己一样，这怎能不让她出来相救？她救的不仅是同伴姐妹，还有当初的自己。赵盼儿是用自己的实际行动向不公的社会抗击，以她的聪明才智挽救与自己处于同等阶层的姐妹的命运。

赵盼儿有聪慧的头脑，有清醒的认识，但她施展才智的基础却是她的色相，智慧要用色相做载体才能得以发挥，这是千百年来女子的无奈和悲哀。倚风尘卖笑，靠的是色相，拯救自己，靠的还是色相，美貌又智慧的女子尚且如此沦落，那无貌无智的女性又将如何生存？妇女的地位低下，下层妇女的境况则更是凄惨。关汉卿的《救风尘》赞扬了风尘女子的智慧、勇敢，也深刻反映了处于社会底层的女性所受的痛苦、歧视和磨难。

《救风尘》以忠于生活的笔触，塑造了符合生活真实的风尘女子的形象，深刻揭示了沦入风尘的女性所受的伤害，从一个侧面反映了在元代特定历史条件下社会底层民众的觉醒，赞扬了被侮辱被损害者的智慧、勇敢和侠义精神。但其结尾把赵盼儿救风尘的最后胜利归结于官府的公正裁断，显然是个败笔，这是作者的幻想，也是作者的思想局限。关汉卿一方面赞美被压迫者靠自己的力量起来反抗，另一方面又希望官府为民做主，主持公道。作为一个封建社会的知识分子，不能入仕为官，认识到官场黑暗，却仍寄希望于官道清明，这也实在是一种历史的苦闷与无奈。

墙 头 马 上

唐朝高宗年间，天下太平，京城长安一带更是繁荣昌盛，歌舞升平。仪凤三年（678），正值早春三月的一天，高宗驾幸西御花园，本想好好地观赏春光美景，却看到园子里花木凋残，毫无生机，很是扫兴。于是立刻传旨，令工部尚书裴行俭前往洛阳，不论是权豪之家，还是州府花园，只要有奇异的花草树木，一律拣选运回长安栽种。

裴行俭自幼苦读诗书，可谓学富五车，见多识广，深受皇帝信赖。他有一子，叫裴少俊，聪明英俊，人见人爱，三岁时就会说话，五岁时就能认字，七岁时能草书，十岁时能出口成诗，而且学习专心，不沾酒色。如今已到弱冠之年，风流俊雅，一表人才，未曾娶亲。裴行俭年事已高，体力不佳，就奏请皇上让儿子代替他去洛阳办事，也想借此机会锻炼儿子。高宗答应了。

裴少俊到了洛阳，很快就选购好了各种珍奇花木，准备择日返回长安交差。当时恰逢三月初八，上巳佳节，洛阳的王孙仕女，纷纷结伴出外游春，整个花都沉浸在一片欢快的嬉戏声中。裴少俊当然也想趁机游览一下洛阳的春光，于是带上仆人张千，骑马游赏。

不知不觉已来到一所花园，花园的墙很低，裴公子骑在马上，能把园中景色一览无余。园子布局宏伟，格调清新，假山亭台，小桥流水，相映生辉，红花绿柳，争奇斗艳，裴少俊不禁惊叹："好一处美景呀！"他正惊讶不已之时，发现在花园的墙头上有个姑娘正在看他，就在两人目光相对的那一刻，裴少俊被姑娘天仙般的姿容深深地吸引住了。

这姑娘叫李千金。她的父亲李世杰，原是长安城的京兆留守，与裴尚书同朝为官，颇为要好，当时两人曾计划结为姻亲。后因李世杰上书讽谏武则天，得罪了朝廷，被贬为洛阳总管，双方就没再提及此事。李千金如今十八岁，不仅容貌出众，而且深通文墨，尤善女红，是父母的掌上明珠。她生性活泼，但父母对其管教严格，不许出门，只许在绣房练字画画。在这阳春三月，又逢上巳佳节，李千金不甘寂寞，便带丫头梅香到后花园来玩。

李千金正值妙龄，春情萌动，但父母一直没能给她选一门合适的亲事，她心里多少有些郁闷。丫头梅香早已识破小姐的心事，问道："小姐，前天人家来提亲，你怎么不说话呢？"千金说："在大庭广众之下，我哪知道说什么好，再说我又不了解人家人品如何，情趣怎样，我只能不说话了。要是我能寻得一位风流英俊的郎君，我们像树上的小鸟一样，双双栖宿枝头，就不会如此孤单了。"梅香打趣道："那老爷回来后，我就禀报老爷太太早日给你找个主把你打发了！"千金一听，故作嗔怒地去追打她。两个人打闹嬉笑着跑到了假山上，正巧看到了墙外的裴少俊。李千金见他脚蹬银靴，身跨骏马，英俊潇洒，含情脉脉，禁不住脱口而出："好一位风流少年！"梅香却故意逗她说："小姐，休要看他，怕叫他给看见！"李千金的心事从来不瞒着梅香，说道："我才不怕他看见我呢，要能寻得这样一位郎君厮守一世，我倒愿意呢！"说着，冲墙外的裴公子莞尔一笑。

　　裴少俊此时心潮激荡，张千出行前受老爷嘱托要看好公子，不许惹事，于是上来劝道："公子，咱们走吧，前面好玩着呢！"裴少俊无心理他，叫张千取出纸笔，写了一个简帖儿，让张千给园中的小姐送去。张千害怕地说："公子，这样不好，要被老爷知道了，非打断我的腿。"裴少俊却执意要他去，还说："如果有人问你，就说是来买花种子的；如果没人拦你，就把它交给小姐，告诉她是我送的。"

　　张千送过去倒也顺利，他对小姐行礼，然后问："请问小姐，您府上有花种子卖吗？""谁要买花种子？"李千金问道。张千说："是我家少爷要买。"说着，把帖子递给小姐。李千金一看，是一首七言诗：

> 只疑身在武陵游，流水桃花隔岸羞。
> 咫尺刘郎肠已断，为谁含笑倚墙头。

　　李千金通晓诗词，她又羞又喜，心里想："没想到他的文才还这么好，这里面分明是爱慕我的意思。她也叫梅香取来纸笔，回了一封帖儿，让梅香给墙外的书生送去，梅香问写的什么，她不说，梅香故意逗她："你既然不说，那我就给老夫人拿去。"小姐连忙好言央求："好妹妹，千万不可让老夫人知道。你就替我走一趟吧！"梅香冲她一笑，扮个鬼脸，给裴公子送过去了。

　　裴少俊展开一看，也是一首七言诗：

> 深闺拘束暂闲游，手拈青梅半掩羞。
> 莫负后园今夜约，月移初上柳梢头。

　　少俊看后很是佩服，小姐不但有倾城之貌，而且诗书文才如此之好，于是对梅香说："小姐约我今晚花园相会，我不会负约，可是我怎么进去呢？"张千在一旁插嘴说："跳墙过去！"裴少俊也顾不了那么多了，就答应了，于是主仆二人回店里等待天黑。

　　梅香回去告诉小姐："他晚上会跳墙过来。"李千金在梅香的陪同下慢慢地蹀回绣房，心事重重。她为能偶遇这样一位文雅多情的书生而高兴，又担心私自约人，万一被人撞见，传出去会坏了李家的名声，但裴公子对她的吸引使她把一切顾虑又抛到脑后，痴痴地盼望日头快些西落。李千金想着心事，一阵阵面红耳热，她换了自己最喜欢的衣服，又让梅香重新给自己梳妆打扮。到了晚上，她吩咐梅香先去探听老夫人的动静，梅香回来说老夫人今日去访亲，回来太累，早就歇息了，这时月亮也要升起了，于是就催促梅香去花园迎接。

再说裴少俊回了客店也是坐卧不安，急切地盼望快些天黑，能与小姐相会。梅香过来的时候，他早已等在墙外了，他翻墙进来，由梅香引着来到小姐的绣房。梅香说："你们在这说话，我在外面守着。"说完把门掩上，出去了。

裴少俊看到小姐比白天更加妩媚动人，雪白的肌肤，婀娜的身姿，如出水芙蓉，明眸似雨后滴露，顾盼传情，不觉有些神魂颠倒，他们按捺不住内心的激动，相依相偎、柔情蜜意、海誓山盟、私订终身。

然而就在千金和少俊正如胶似漆、缠缠绵绵之时，管家妈妈检查房门从小姐窗前经过，见房内还有灯光，便觉好奇，心想："平日里这个时候小姐早就睡觉了，今天怎么还亮着灯？"于是走近察看，却听到里面有男子的声音，不禁心头一惊，知道事有意外，便直奔房门。

梅香正坐在门口瞌睡，见到妈妈来，吓了一跳，喊道："小姐快熄灯，老妈妈来了！"老妈妈一把推开梅香，说："吹灯也没用，我已在外面听了多时了！"小姐和少俊见老妈妈闯了进来，吓得双双跪在老妈妈面前求饶。老妈妈看到千金和少俊衣冠不整的样子十分恼火，责问少俊："你是哪里来的野汉子，竟如此大胆，勾引我家小姐！看我禀告老夫人，定把你绑入大牢！"少俊一听吓得魂飞魄散，求道："我是过路的书生，求老妈妈大发慈悲放我一马。"千金也苦苦哀求："妈妈千万不要告诉老爷和夫人，您就放我们走吧！"

这老妈妈可从没碰到过这种事，不知该如何处理，只拉着少俊要去见官，少俊见苦苦哀求没用，就索性翻脸，说："要见了官，我就说是你收了我的贿赂，让梅香把我叫来的。"梅香听到也在一旁帮腔："对，你收了书生的银子，让我去请他的。"老妈妈真是有口难辩，再看这边的小姐哭着闹着非要自尽不可，三个人闹得老妈妈乱了方寸，更怕万一小姐出了差错，无法向老爷夫人交代。她叹了口气对他们说："事已至此，只有两条路可以选择：一是先放少俊去考取功名，得了官职，再回来明媒正娶；二是放你们两个一起走，等书生考取了官职再回来认亲。"千金哪里舍得再和少俊分开，她立刻表示第二个办法好，可一想就要离开父母，不由得眼泪直流，恳求老妈妈："只是千金放心不下母亲，还请妈妈多操心，日后有机会一定再来报答您的恩德！"千金是老妈妈看着长大的，她平日里最疼爱千金，自然也舍不得她，但事已至此，只有一再嘱咐少俊，一定要好好对待小姐，等谋得官职后早日回来认亲。

就这样，匆匆告别，少俊带着千金离开洛阳，返回了长安。到了长安，少俊悄悄地把千金安顿在后花园的书房里，没有见过裴尚书和夫人，由于豪门深院，一般没人到那里去，裴尚书又经常外出，他们以为裴少俊是把自己关在书房苦心读书，考取不到功名不娶亲呢。这样一晃日子过了七年，千金生下一男一女。男孩叫端端，今年六岁，女孩叫重阳，今年四岁，除了后花园的老院公，他们没见过外人。他们夫妻恩爱，儿女乖巧，日子倒也平静。

这一年的清明节，裴尚书本想亲自去上坟扫墓，可身体有些不适，怕外出染风寒，就待在家中休养，让夫人和儿子去墓上祭奠。少俊临行时，再三叮嘱老院公，要守好院门，千万别让老爷进来。老院公满口答应："公子放心，有我在这，谁也进不去，就算老爷来了，我也有办法拦住他。"少俊这才放心地走了。老院公在园门口坐着，有些无聊，就进屋向千金要了壶酒，自己喝了起来，他上了岁数，饮几杯就晕晕地睡着了。

千金和孩子在书房里等候少俊，她教孩子们认字、画画，并告诉他们只许在书房玩儿，不许出去。可两个孩子在书房玩得没兴趣了，趁母亲不注意，就溜了出去，他们在花园里嬉戏一阵，见到老院公在门口打盹，就跑过去这个摸摸老院公的胡子，那个拍拍他的肚子，老院公被弄醒了，吓唬他俩："谁叫你们来这儿的，快回书房去！"可两个孩子还跟他闹，老院公就追他们。

裴尚书一个人在屋子里闷了，这时拄着拐杖散步到花园里来了，他想散散心，却正巧碰上老院公和两个孩子在打闹，问道："这两个孩子是谁家的？"老院公慌里慌张，一下子说不上来，端端却说："是裴家的。"老尚书更加好奇，问："哪个裴家？""就是这儿的裴尚书家嘛！"重阳抢先答道。

旁边的老院公知道要惹祸了，赶忙打岔道："谁不知道这个花园是裴尚书家的，你们两个小孩子还不快回家！"端端委屈地说："我回去告诉我爹娘，看不打折你的腿！"老院公假装生气地冲他俩喊："你们采了花木，还这么不懂礼貌，看我不赶你们走！"

端端和重阳受了这般斥责，哭着朝书房跑去，千金早听到外面有喧闹声，见孩子哭，便把孩子拉进屋赶紧又把房门掩上。但这一切都已被老尚书看在眼里，老院公赶忙编谎说："这妇人带孩子来花园折了两朵花，见老爷走过来，就藏到了屋子里，我这就打发他们走！"

裴行俭感到事情蹊跷，觉察到这里边有事瞒着他，就命老院公唤她到芙蓉亭上来。李千金吓得心里像有只小鹿一样咚咚地跳，心想该如何办呢？如果如实讲了，肯定会惹大祸；如果不讲，即使能瞒住，自己也只能过这种不见天日的生活，这又何时是个头儿！还不如干脆把事挑明。于是她来到芙蓉亭上，上前向裴行俭深施一礼，说道："公公在上，妾身是少俊的妻室。"裴尚书生气地说："少俊从未娶亲，哪里来的妻室？"老院公抢先说："老爷应该高兴才是呀，您不用花一分财礼钱，就白捡了个如花似玉的儿媳妇，还生了一对活泼乖巧的孙儿，我看您倒是该摆酒席庆贺一番呀！"裴尚书却气得脸色发青，说道："女人家如此不重身份，肯定是娼妓烟花之流！"千金哪里受过这样的羞辱，委屈地反驳道："媳妇是好人家的女儿，不是什么下贱之人！"裴行俭更加恼火："你还敢顶嘴！你这个淫妇，败坏我家名声，害了我儿的前程，还说是好人家的女儿，那么我问你，为什么不禀明父母，明媒正娶，而跟人私奔？可见家教不严，你父亲姓甚名谁？我一定拉你去见官，狠狠惩治你！"李千金真是有苦难言，自己不能在父母跟前尽孝道，已十分愧疚，怎能在这种时候说出父母姓名，那岂不让人耻笑？她只说道："我和少俊是清白的好夫妻，不需要三媒六聘。"裴行俭气得胡子直发抖，正在这时，裴夫人和少俊扫墓回来了，裴行俭指着夫人便骂："你看看你儿子做的好事，我看是你们串通好了来气我的！"又骂少俊："我还以为你在读书，原来这就是你七年来做下的功课！"

少俊慌忙跪下，说："父亲息怒，孩儿知罪了，求父亲饶恕我和千金！"裴行俭狠狠地说："要不去见官府，你就立刻写一纸休书，送她回娘家！"李千金百感交集，挺身为自己辩驳："我和少俊的婚姻是天赐的，你凭什么无故拆散我们？自古男大当婚，女大当嫁，这都是天经地义的事，我们有什么不对吗？""好厉害的娼妇，你说你们是天赐的婚姻，那么今天我倒要看看老天是如何赐给你们的，你若能把头上的玉簪磨成针而不断，用游丝系着银瓶向水中汲水，那我就相信你这'天赐姻缘'！"

千金纵有一肚子的委屈也没法道出来，她忍着悲痛，抱着侥幸心理一一试过，可是玉簪没磨几下就断了，游丝线也根本系不住银瓶。裴

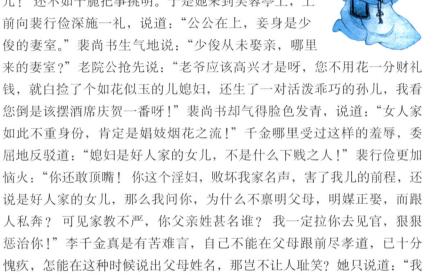

中国十大喜剧故事

行俭气势汹汹地逼迫儿子立刻写休书，少俊泪眼望着妻子，可又不敢反抗，只能草草写了休书，忍痛塞给李千金。

李千金此刻再也控制不住，搂着两个孩子失声痛哭起来，她想起当初为了与少俊结为夫妻，背弃父母，来到这里七年，忍受着不见天日的生活，却落得如此结果。她哭喊着向天发问："老天呀，我到底做错了什么，却要受到这样的惩罚！少俊呀，还以为你是个有情有义的君子，却没想到你如此薄情，如此懦弱，我李千金当初错看了你！"端端和重阳也搂住母亲哭："娘不要走！""娘怎么了？"少俊也已满含热泪，泣不成声，他在父亲的威逼下，实在没有办法，他叮嘱张千，把小姐送回洛阳，自己借口有事，瞒着父亲，悄悄来送千金。路上少俊对千金说："我回去后就去赶考，等我考取了官职，一定还来迎娶你！"

李千金回到洛阳以后，才知道父母都已经过世，这重重的打击，使她悲痛万分，好在家中还有宅舍、田庄、丫鬟和奴仆，她倒也能平安度日。李千金让梅香陪自己给父母上了香，又去后花园散心，一见到那争芳斗艳的花丛，禁不住回忆起当年与少俊墙头马上相会的情景，又思念长安的一双儿女，心中真是愁绪万千。

裴少俊送走了李千金，回家收拾了行囊，就上京去赶考，结果考中状元，被封为洛阳县尹。他到洛阳上任后，第一天就换上便衣，带着张千去李千金家。梅香开门一看是他，心中窃喜，但又气他把小姐休回，让小姐委屈这么多年，就假装生气地说："你来干什么，我家小姐不想再见你这个负心汉！"说完就往里走，她心里明白裴少俊是不会走的。进到屋里，梅香却高兴地告诉小姐："小姐，姐夫来了！"

"他人在哪里？"千金急切地问。

"就在门外面，我没让他进来，罚他站一会儿吧。"梅香俏皮地说。

"他穿着什么样的衣服？"

"是秀才的衣服。"

千金一听还穿着秀才衣服，不由得有些失望，她心里每天都在盼望少俊能功成名就。就在沉思的时候梅香引着裴少俊进来了，裴少俊见了千金就说要带千金回家，重归于好。千金想起他当年写休书时懦弱的样子，很是生气，于是讥讽他："我可做不了你家的媳妇！你不怕我坏了你家规矩，败你家门风吗？"少俊知道千金还在为当年的事生气，就一再地请她原谅。而且告诉她，自己已经考取了状元，现在是洛阳的县尹了，而且父亲年事已高，已辞官归隐，如今他也可以为自己的

婚姻做主了。可千金含泪道："你既然已休了我，我就无法再进你家的门，你走吧！"

正说着，只见裴尚书和夫人带着端端、重阳进来了，两个孩子见了妈妈，一齐扑进千金怀里，千金热泪盈眶。

原来少俊被封了洛阳县尹，就派人去长安家中去接裴尚书夫妇了。裴尚书后来才知道李千金就是皇亲李世杰的女儿，为自己当初的做法好不后悔，两个孩子也是天天闹着要找妈妈，他早就想当面来请李千金了。

裴尚书走进门，满脸堆笑对千金说："孩子呀，过去的事情是我太鲁莽了，我哪里知道你就是李总管的女儿呀？当初我们两家还曾商议过婚事呢！今天老夫牵羊担酒来给你赔不是了，你就不要再生气了！"

老夫人也过来劝道："媳妇，你就给我们个面子，原谅少俊吧！孩子们也离不开你呀！"

端端和重阳扯着妈妈的衣角，委屈地说："娘要不认我们，我们也就活不下去了！"说着双双跪在了地上。

儿女的哭声使千金的心彻底软了下来，她搂着孩子，哭道："娘不离开你们，娘认了！"

裴尚书安排宴席庆贺团圆，而且亲自给儿媳敬酒，说："孩子，你们当初为什么不等我来说亲呢？偏要选择私奔，让你受了这么多委屈！"

千金说："自古及今，难道就我和少俊如此吗？您没听过卓文君听到司马相如一曲《凤求凰》，就自订终身的故事吗？然而他们被传为千古佳话，而我却被您说成是烟花娼妇！"

老尚书拍着自己的脑袋解嘲道："不提了，不提了，是我的老脑筋不好用呀！今天合家团圆，我们要好好庆贺！"

【赏析】

白朴(1226—1306以后)，字仁甫，一字太素，号兰谷，祖籍隩州(今山西省河曲县)。父辈在金朝既有政治地位，又享有文名，其父白华是进士出身，官至枢密院判官，是金朝著名的文士。白朴幼年时金都陷落，与家人失散，由父亲好友元好问带大，深受元好问影响。后随父寓居河北正定，终生未仕，主要致力于创作。1280年后，白朴居于建康(南京)，与南下的北方文人一起饮酒论诗，卒年

白　朴

不详。他的作品现存有词一百零五首，词集名《天籁集》，清秀婉逸，词适韵谐，为元词一大家。散曲有小令三十三支，套曲四组，杂剧多以历史传说和爱情故事为内容，今仅存《梧桐雨》《墙头马上》《东墙记》三种。白朴工于词曲，是元前期杂剧作家中的重要人物，他继承了金代文学传统，又开创了元杂剧文采派先河。

《墙头马上》在题材上受白居易新乐府《井底引银瓶》的影响，又以宋话本《裴少俊伊州》，金院本《鸳鸯简》《墙头马上》等为创作依据，然后推陈出新，以"有情人终成眷属"为主题，积极乐观地满足了广大人民群众的愿望。

尚书之子裴少俊奉父命到洛阳为皇上选花种，骑马游春时，在马上望见倚墙头向外张望的李千金，两人一见钟情，由各自的丫鬟小厮传信，约定夜晚相会。千金是洛阳李总管的女儿，家教甚严，但生性活泼，见裴少俊英俊潇洒，顿生爱慕，两人夜晚于闺房幽会时被管家妈妈发现，管家妈妈心疼小姐，不敢见官，也不敢报告给老爷夫人，最后只好让小姐跟裴少俊私奔。千金来到长安裴府，未拜见尚书夫妇，由裴少俊偷偷安排在花园内，两人秘密做夫妻，生下一儿一女。七年后，儿子端端长到六岁，女儿重阳四岁，裴尚书一直不知道儿子私自娶了媳妇，只当他在后花园里读书。这年清明节，裴少俊陪母亲去扫墓，老尚书一个人逛到花园，发现端端和重阳两个孩子，进而发现了李千金。千金见无法隐瞒，便直接向裴尚书言明自己是少俊的妻子，裴尚书不问情由，大骂千金是烟花娼妇，勾引他儿子。千金据理力争，裴尚书又百般刁难，让千金把玉簪磨成细针，用游丝系住银瓶，才肯承认她和少俊的姻缘。裴少俊回来后，不敢反抗父命，用一纸休书把千金送回了家。千金回到洛阳家中，父母已亡，她自己守着家宅，十分凄凉。后来裴少俊中了状元，重新来迎娶千金，裴尚书已知道千金是李总管的女儿，也向千金道歉，请她回家。千金想起当初所受羞辱，责备丈夫软弱，讥讽公公凶狠无情，最后看在一双儿女的面上，才夫妻团圆。

《墙头马上》以清丽欢快的笔调塑造了李千金这一具有鲜明反抗性格的女性形象，她追求爱情与婚姻自由的言行显示了她独特的个性。李千金作为官宦人家的小姐，身上却少有封建上层社会中那些所谓大家闺秀的封建礼教思想，她丝毫不拘于礼法，对爱情和幸福有着热烈的追求和渴望。李千金游花园能攀上墙头，就绝非一般闺阁女子能比，和裴少俊一见倾心后，就立即回诗，并主动约其相会，其大胆，更非常人敢想，李千金的大胆、直率、毫无忸怩之态，使她的性格形象异于众闺阁脂粉。她不但敢追求爱情，还敢于维护自己的爱情，当私会被管家妈妈发现后，她先哀求，继而以死相胁，最后争得与心上人私奔。面对恪守礼法、凶狠无情的裴尚书的指责，她针锋相对，据理力争，说自己是少俊名正言顺的妻子，丝毫无服输软弱之气，虽终因势单力孤而遭休弃，但在后来丈夫赔罪、公公道歉时，她一抒胸中不满，指责丈夫软弱，裴尚书无情。李千金是个有情有义，有血有肉的女子，她敢爱敢恨，光明磊落，不屈于礼教，不贪慕荣华，为了爱情和幸福不惜牺牲一切，她完全挣脱了封建礼教为妇女套上的"闺训""妇道"等教条，求得了身心的自由。

而相比之下，裴少俊这个须眉男子就软弱了许多，他爱恋千金，对爱情执着追求，享受爱情的甜蜜，但却承担不起做丈夫的责任。他把千金藏在花园长达七年，并有了一对儿女，都不敢向父母禀明真情，追求光明正大的爱情生活，若裴尚书未发现真情，再为他另娶妻，或让千金一辈子都待在花园里，岂不冤杀了千金？并且当隐情败露后，他不敢据理力争，反而在父亲的逼迫下将千金休弃，让不顾一切与他私奔的千金受尽了委屈，这实在不是一个男子汉所为。值得肯定的是，他在中状元后没有另觅新欢，而是去请求千金原谅，说明他还是诚挚憨厚，有可爱之处。裴少俊饱读诗书，受封建礼教和儒家正统思想的影响颇深，所以有追求爱情之心，却难脱文人书生迂腐软弱之气。

裴尚书是恪守礼教的封建家长，他自诩儿子"不亲酒色，只诵诗书"，可当他发现裴少俊不但亲近了女色，还在花园里私造了小家，有了儿女，这无疑给他脸上打了一记耳光，所以他恼羞成怒，对千金百般斥责，万般刁难，把儿子私藏妻室的罪责，全推到李千金身上，把千金骂作烟花娼妇，勾引他家的好儿子，最后硬逼着裴少俊休掉千金。而当他知道千金是李总管的女儿，而且曾经也议过亲，这就正合父母包办的婚姻模式，也不算私奔了，所以他又拉下脸来，向千金赔罪道歉。假如千金是寻常人家的姑娘，也没有议亲的前由，裴少俊也未能中状元，恐怕这位老尚书也不会牵羊担酒，亲迎儿媳回门了。他在千金面前截然不同的两种态度，虽是搬起石头砸了自己的脚，却没有砸破他的封建礼教思想和父母包办的婚姻制度，所以在这点上，《墙头马上》添加议亲一说，只为喜剧圆满，却减弱了千金抗争的力度。千金奋不顾身地追求爱情，最后的胜利只归结为丈夫中了状元，自己是总管的千金，并且两家曾议过亲，她的不顾一切、殊死一求，都在这最终的结尾处泯灭了力量，实在让人慨叹！

千金追求爱情是天性使然，完全是按照自己的心性去行事，并不是真正有意识地反抗封建礼教。她桀骜不驯、直率泼辣，这正是她的本性，所以她要冲破束缚，不受压制，但她据理力争，只死死抓住一点：这姻缘是天赐的。这说明她不计后果与裴少俊私奔，是无意识的自然萌芽的天性所逐，而非有意识、有计划的反叛与抗争。李千金是生性活泼、有血有肉的女子，不是为反封建而生的，所以硬给她套上反封建礼教的帽子来说是对她不公平的。作者是有意识地刻画，而千金是无意识地反抗，这也比较符合真实。所以李千金并非生来叛逆，而是有着原始灵动的灵魂，她的言行，是自然人性的任意张扬，是对追求解放、自由的人性的昭示。

西　厢　记

　　唐朝德宗年间，有一个年轻的书生，名叫张拱，字君瑞，西洛人，是前任礼部尚书的公子。张拱生得仪容俊雅、一表人才，他苦读诗书，一心想到朝廷应举。但父母早亡，在京无依无靠，便带着琴童四处游学，书剑飘零。

　　贞元十七年（801），朝廷召试各地读书人，张拱已习得满腹诗书，便决定赴京参加考试，他路过河中府，想起幼时的好友杜确正统兵镇守蒲关，如今离考期还远，张拱便决定先去拜访老友，然后再去京师。

　　这天，天色暗下来，张拱找了家客栈先安顿好，随便用了些饭菜，然后问店家："此处附近可有什么名山胜地，可供游览？"店家道："这里有一座普救寺，是武则天皇后修建的香火院，钟楼高耸，富丽庄严，光彩炫目，来往游客都要前去瞻仰观光。"

　　第二天，张拱让琴童在店中守候，便独自一人去了普救寺。刚巧普救寺的住持法本长老外出赴斋，只留下小和尚法聪在寺内守门。法聪见张生是个秀才模样，温文尔雅，便带领他游览了佛院、钟楼、宝塔等处，张生不住赞叹寺院修建得宏伟辉煌、巧夺天工。

张生与法聪从塔上下来，正要从角门往回走，却见塔下还有一片庭院，杨柳摇曳，流水潺潺，花木掩映之中，有两个姑娘在嬉戏，张生不由得为这一幅清新恬静的画面所吸引。那两个姑娘，一个丫鬟打扮，一个小姐模样，张生被那小姐的美貌惊呆了，只见她粉面桃腮，朱唇皓齿，千般袅娜，万种旖旎，柳腰娇软，天然秀丽，忽听她道："红娘，咱们去佛殿吧！"那声音甜美沁人，如莺啼燕啭，张生目瞪口呆，只管在那儿呆呆地看，一动不动。这时，那红娘道："小姐，我们还是回去吧，老夫人知道了又要骂了。"小姐回头的一刻，看见张生，也被张生的俊雅清秀吸引住了，见张生在看她，便不觉羞红了脸，低头去看花草。这时红娘又催，便只好随红娘一同向庭院走去，走两步又回头望张生一眼，嫣然一笑，秋波一转，飘然而去。

这一回眸不要紧，把张生的魂儿都带走了。过了好半天，他还望着角门出神，法聪只好走过来提醒："秀才，天色不早了。"张生如梦方醒，问法聪和尚："刚才那位小姐大概是嫦娥再世吧？她是哪家千金？为何住在这里？"法聪笑答："那是崔相国的女儿崔莺莺，先生不可乱讲，老夫人会怪罪的。前不久崔相国在京去世，老夫人和小姐护送灵柩回乡安葬，遇上兵乱，只好耽搁下来。本寺的法本长老就是崔相国剃度出家的，所以她们一行人暂时借住在普救寺中。"听了法聪的话，张生一心想寻机会与莺莺再见面，当即向法聪请求在普救寺借用一间房子，以住下读书。

次日，张生又到普救寺见法本长老。法本长老正端坐在方丈里，相貌堂堂，威严四射，活像一尊罗汉。张拱上前施礼，然后奉上白银一两，说客店太喧闹，人多马乱，想在寺内西厢附近租用一室，以图环境清静，方便温习经史，日后再去赶考。法本见他是个俊雅书生，知书达理，便当即答应了。

正在他们谈话间，红娘奉了老夫人之命前来询问长老何日替老相公做佛事，是否准备妥当。张拱在一旁也没有离开，见红娘是一个举止大方、容貌俏丽，又很机灵的姑娘，谈话间还不时朝张拱瞟上一眼，看得张拱不好意思地低下头。法本告诉红娘定于二月十五日方可。红娘向法本长老请求去佛殿去看佛事的准备情况，以便回去好向老夫人交代，张拱便跟在后面一起走，法本也不好意思撵他。

到了佛殿，他们边走边看，法本说："场地、祭物都已准备妥当，二月十五正是吉日，就请夫人、小姐那日来拈香吧。"张生听到这些，心想，这不就是个与莺莺相见的绝好机会吗？于是便向法本施礼请求道："崔家小姐是个女儿家，尚且有如此孝心报父母养育之恩，张生真是惭愧，张生自父母去世后还未做过一次像样的祭奠，请求长老准许我准备五千钱，在小姐的佛事上带上一份斋，追荐自己的父母。"法本长老见他一片孝心，而且说着话，眼眶都红了，快要哭出来的样子，便答应了他。

红娘辞了长老，离开佛堂。张生与法本一起回方丈屋里，张生借口去取东西，便匆匆来到角门。他知道这是红娘回西厢的必经之处，等红娘走过来，他连忙上前施礼道："敢问姑娘可是莺莺小姐的侍女吗？"

"正是。"红娘莫名其妙地瞟了他一眼，说，"你问这个干什么？"

张生又说："小生姓张名拱，字君瑞，本籍洛阳人氏，今年二十三岁，正月十七日生人，尚未娶妻……"

红娘看他那傻乎乎的样子，不禁"哧"地笑了出来，说："谁问你这个来呀？"张生见红娘要走，便慌忙上前拦住问："敢问姑娘，莺莺小姐经常出来吗？"红娘这下生气了，板着脸说："先生是个读书人，怎么这样无礼？我家夫人治家严谨，内外有别，休要胡说。以后该问的便问，不该问的不要问。"说完不等张生答话，便回西厢去了。

张生碰了一鼻子灰，愣在那发了半天呆，脑子里想的全是莺莺那天仙般的音容笑貌，一时又难以见面，只好唉声叹气地回到西厢。

红娘回去向老夫人回话，说法本长老已经把做道场的事物都准备妥当，而且择定二月十五日请夫人、小姐一起去上香。晚上，待老夫人睡下之后，红娘与莺莺回到闺房，红娘诡秘地说："小姐，今天我碰上一件好笑的事呢。"莺莺好奇地问："什么好笑的事？"红娘说："今天我从佛殿回来的路上，看到一个秀才，他拦在我前面，一施礼，便问：'姑娘是莺莺小姐的丫鬟吗？'又说：'小生姓张名拱，字君瑞，本籍洛阳人氏，今年二十三岁，正月十七日生人，尚未娶妻……'小姐，你说他傻不傻嘛！谁知道他在想些什么！"

莺莺听了，望着窗外的月亮，一言不发，红娘又凑上前问："小姐，这些天你怎么总是不开心呀？"莺莺说："红娘，你今天遇到的这些事，可曾与老夫人讲过？"红娘说没有，莺莺又说那就不必告诉了。于是主仆二人又相伴到花园里去烧夜香了。

到了晚上，张生在房中也是一心想着如何与莺莺见面，翻来覆去睡不着，便起来到庭中散步，忽听到西院角门响声，想起法聪对他说起过，莺莺小姐每夜都要到花园烧香，便悄悄地溜进花园，躲到太湖石后偷看。

玉宇无尘，月色如银，夜凉人静，花荫满庭，只见红娘端着香炉，来到太湖石边放下，莺莺拈香，低声祷告："这一炷香，愿去世的父亲，早升天界；这第二炷香，愿堂中老母，身体安康；这第三炷香……"说到这里，又停下了。

红娘笑着道："小姐，为何你总是到了这一炷香，就不说出来了？不如让我替你说了吧，这一炷香，愿我家小姐早日寻得个如意的郎君！"莺莺不觉被她说得羞红了脸，说："死丫头，你又拿我寻开心！"然后接过红娘的香，添好又深深地拜了两拜，长叹道："心中无限伤心事，尽在深深两拜中！"

张生在太湖石后看得一清二楚，他心想小姐也有心事，该不会是他张生与小姐真的前生有缘吧，我何不吟诗一首，看看她有没有反应，于是信口吟道："月色溶溶夜，花阴寂寂春。如何临皓魄，不见月中人？"在这清静的夜晚，莺莺听得非常清楚，她对红娘说："红娘，墙外有人吟诗。"红娘笑笑说："听这声音，还真像那个二十三岁，尚未娶亲的书呆子。"莺莺满腹心事，正想倾诉，而且她才思敏捷，便依韵也轻吟了几句："兰闺深寂寞，无计度芳春。料得高吟者，应怜长叹人。"

张生听得真切，心想真不愧是相府小姐，不仅容貌过人，文才也十分出众。他按捺不住激动的心情，拽了拽长衫，向香案那边走去。莺莺听到了声音，朝这边张望，心里也在想着今天真的要在此遇到知音了，但红娘赶忙催促道："小姐，天色不早了，咱们快回去吧，休要老夫人怪罪下来！"莺莺便依依不舍地跟随红娘回了绣房。张生走过来，只能借着皎洁的月光远远望见小姐那如弱柳扶风的倩影，良久才心情沮丧地回到房中，伴着一盏孤灯，听窗外渐渐的风声，看月下竹梢弄影。

转眼二月十五已到，法本长老把崔相国的法事安排在了晚上，张生早就在等候这一刻了，他是不请自到。他按照法本的安排，入殿拈香，为父母祝愿，他在心里也当然向佛祈祷能和莺莺小姐早成姻缘。不一会儿，崔老夫人带着莺莺、红娘还有一个十多岁的男孩来了，那个男孩儿便是莺莺的弟弟，名叫欢郎。法本向老夫人解释说张拱是他的亲戚，想在这次佛事前为死去的父母带上一份斋。崔老夫人听说是法本的亲戚，又念他一片孝心为父母祈祷，便客气地应允了。

莺莺一身素装，如出水芙蓉，娇艳淡雅，飘飘然似仙女下凡，两旁那些做法事的僧侣一个个都惊得张大了嘴巴，大师父、小和尚都像被勾走了魂儿似的，眼睛直盯着莺莺，诵经的诵得含糊不清了，敲木鱼的敲得乱了节奏，添香的差点烧了自己的手，敲磬的敲了别人的头，莺莺只好低头弄衣襟。

红娘对莺莺说："小姐，那个就是那天吟诗的书呆子。"莺莺不自觉地去看张生，却见张生也正好看她，忙又羞得低下了头。张生却不停地向莺莺瞟上几眼，急切地想用目光表达对莺莺的爱慕，其实莺莺早已心领神会。法事完毕后，长老请老夫人和小姐回去歇息，走出大殿，莺莺又回首顾盼张生，略带不舍地离开了。

做完道场之后，莺莺和张生两个人都处在相思的苦恼之中，但又碍于礼法，不能见面。可莺莺美貌如仙的消息也传遍了河中府，普救寺附近有个叫河桥的地方，驻扎着一支军队，头领叫孙彪，字飞虎，因主将丁文雅不行正道，他也跟着掳掠平民，为非歹。他听说普救寺中住着个貌似天仙的崔莺莺，便带着人马直闯过来，用几千人马围在普救寺外面，声称要占莺莺为妻，否则的话就一把火烧了寺院，把满寺僧俗全部杀光。法本长老又急又怕，连忙去告诉老夫人。崔老夫人一听吓得说不出话来，她怎么舍得把宝贝女儿交给那贼子呢？只是如果不从，连累了满寺众僧，岂不落得一个罪名？她搂着莺莺一阵痛哭，又指天痛斥："我家无犯法之男、再婚之女，老天为何如此惩罚我？这不是要毁我家的声誉吗？我可怜的女儿呀……"

老夫人的哭声使每个人心里都感到无比凄凉和无奈，莺莺跪在母亲身边哭着说："母亲，就让女儿去跟了那贼人吧，不能为我而让满寺的众僧都遭杀戮呀！把女儿送出去，您就当没有我这个女儿。"说得母女俩紧紧搂在一起失声痛哭，红娘在一旁也是泪水涟涟，对老夫人说："老夫人可千万不能把小姐交出去，我们大家要想个办法才是。"

这一语倒提醒了崔莺莺，她擦了擦眼泪，站起来说："母亲，女儿还有一个办法，我们可以向寺内的僧俗讲，不管是谁，如有退兵之计，女儿情愿下嫁，怎么也比把女儿给了贼人要好一些。"老夫人听了，点头表示同意，说道："也只有这个办法了。"于是当即让法本传下话去，不论僧俗，如有能退贼兵的，退兵后就把莺莺许配给他。

法本的话刚传开，张拱便上前说有退兵之计。法本领他去见老夫人，老夫人问他有何计策，他请老夫人先让红娘扶莺莺回房休息，因为他看到小姐已经哭得眼睛都肿了，他更不想让这些兵戎相见的事惊吓了自己将来的妻子。莺莺和红娘于是先回绣房，莺莺还用一种无限感激和诧异的目光回头看了一眼张生，她想："他一个秀才怎能敌得过几千贼兵呢！可是也真难得他有这份心。"

莺莺走后，张拱说先要请法本长老出面对贼兵说，老夫人同意把莺莺嫁给他，只是现在莺莺父孝在身，不能完婚，让他先带人马回去，等守孝满三日后，再来娶亲也不迟。于是法本便如是向孙飞虎说明了，那贼子觉得也有道理，便说："那我回去再等三日，三日后如果你们耍花样儿，老子必定把这寺庙踏平。"说完带领兵马回营了。这时张拱才向法本和老夫人说："小生有一同窗好友名叫杜确，现在统领十万大军，镇守蒲关，此处离蒲关也不过四十余里路程，我即刻便修书一封，让人送去，杜确见信一定来救。杜确是有名的白马将军，他一来，恐怕那孙飞虎要吓得屁滚尿流！只是这信让谁去送？"法本长老马上想到一个人，寺中有个惠明和尚，他平日不好好坐禅，也不老实念经，经常吃酒打架，但他为人正直，倒肯救人，要用言语激他，他一定能把信送到。

张拱领会了法本的意思，于是迅速写好一封信，来到台阶上向众僧高喊："此处有信要送往蒲关，去请白马将军相救，谁敢送去？"这时有一个浓眉虬髯的和尚快步走上前说："我敢去！"张拱却故意打量着他说："此事可非同儿戏，满寺众僧的性命就系于此了，你能按时送到吗？"惠明和尚拍着胸脯说："别小看了我，我若不能按时把救兵请到，会自己提人头来见！"于是张拱把信交给他，他收好信，举起大刀，一头冲出门去，说话间已不见了踪影，只见一溜烟的尘土飞扬。

白马将军杜确正在帐中理事，忽见手下人领一和尚来见，便问："你是何人？有何贵干？"惠明和尚一时不知如何说清楚，便掏

出书信递给杜确。杜确一见信，大怒道："这伙贼人居然如此嚣张！看我不灭他狗窝！"于是立刻点五千人马，亲自率领直奔普救寺。

孙飞虎从寺院撤回到营中，正和弟兄们喝酒，做着次日便可娶媳妇的美梦，根本没提防会有人来袭击，杜确的兵马一到，这群乌合之众，未经交战，便溃败而逃，孙飞虎也被杜确活捉。

杜确把兵马重新整理好，驻在普救寺门外，自己进寺去见张拱，两个人紧紧握着手，久别重逢，有说不出的高兴。他们又一起去见了法本长老和崔老夫人，又聊了些各自的处境和计划，张拱把准备读书赶考和老夫人许婚的事都告诉了杜确，杜确听了大笑道："想不到贤弟还有如此艳福，真是好事！只是我任务众多，还有要事要办，就不能等着喝贤弟的喜酒了，我们后会有期，贤弟多保重！"又向崔老夫人道贺："老夫人，我这兄弟可是胸有大志，一表人才，若与相府小姐再配成姻缘，那才叫郎才女貌，天作之合，老夫人有眼力呀，改日我一定到府上祝贺！"说完向众人拱手道别，领兵回去了。

第二天，张拱正在想何时能与小姐见面，红娘就来了，说老夫人要宴请张生。其实红娘早已看出张生和小姐两人都有情有意，而且张生见义勇为，退了贼兵之后，更是对他敬佩几分，她也更加乐意成全张生和小姐的美事。张生这一下可慌了，高兴得不知道该如何打扮，生怕穿戴的哪点不整齐了，再惹小姐不高兴，就让红娘帮他参谋穿哪件衣服，头发怎么整理，帽子戴得正不正，一会儿又激动地问红娘，他要不要带财礼，红娘笑道："你帮助退了贼兵，这不就是给小姐最好的财礼吗？你就别再磨蹭了，快跟我走吧，去晚了，惹老夫人生气，小姐可就真不高兴了！"

张生跟着红娘来至上房，老夫人已让人准备好酒席，坐在那里等候了。张生忙上前施礼，老夫人让坐之后，客气地对张生说："先生当为我家的救命恩人呀，退贼兵的事真是多亏先生帮忙，先生的足智多谋让老身敬佩，红娘斟酒，我要先敬先生一杯。"红娘连忙斟酒，张生高兴地喝了一杯。老夫人又说："红娘，去把小姐请来。"

莺莺正在房中绣花，她根本不知道今日母亲要请张生，听红娘说张生来了，心里正想见他，心想：看来母亲没有食言，如果真的嫁给张生，自己也没有什么遗憾了。于是她高兴地跟着红娘到了上房。崔老夫人见了莺莺，便说："莺莺，快过来，拜见哥哥！"张生一听，觉得老夫人口气不对，莺莺也一下子变得不高兴了，她知道母亲要变卦了，两个人都低着头不作声。老夫人早已看出，却装作没看见，还在招呼："莺莺，给哥哥敬酒！"红娘斟好了酒，莺莺端起来，说什么也敬不到张生面前，只见她脸色煞白，眼眶湿润，又把酒杯放下。红娘明白莺莺的心思，就上前说："夫人，小姐身体不适，还是我扶小姐先回去休息吧。"老夫人应允了。二人走后，张生也不悦地说道："夫人，小生酒量不高，小生也告辞了。"说完拱手行礼，起身便要走，又犹豫了一下，转回身问道："夫人，小生有话想问夫人，先前夫人曾说能退贼兵者，可娶莺莺为妻，小生挺身而出，如今贼兵已撤，夫人难道忘了先前许下的诺言了吗？不知老夫人让我与莺莺兄妹相称是什么意思？"老夫人见张生质问得如此直接，非常尴尬，只好解释说："我家小女自幼就已许配给我的侄儿郑恒为妻，所以老身又觉得把莺莺嫁给你没办法向侄儿交代。先生品貌双全，我再给你些财物作为补偿，你就另娶高门吧。"张生一听非常气愤，说道："夫人怎能如此轻看我张生？我不希罕什么金银珠宝，夫人既然对自己说过的话都反悔，那我张生就此告辞了。"说完拂袖而去。

红娘把小姐送回屋，又回到席间，见张生已走，老夫人说："红娘，张生喝多了，你跟上去送送他。"于是红娘又跟了过来，她知道此时张生和小姐都是在为一件事而伤心苦恼，就跟在他后面走着。到了张生的房间，张生见红娘在送他，"扑通"一声跪在红娘的面前，眼泪也控制不住了，说道："红娘，我真没想到老夫人是个言而无信的人，她说小姐已经许配郑恒，可为何还要在贼兵围困的时候许那样的诺言？我为了小姐，茶饭不思，夜不能寐，又想方设法救小姐脱难，到头来却落得如此下场，我还真不如一死了之！"

红娘被他的痴情深深打动，便安慰他道："郑恒是老夫人的侄子，在朝中做官，老夫人早想给他和小姐做了亲事，但这事虽提起过，并没有说定，我们再慢慢想办法。"她在屋子里来回走了两趟，忽然想起了什么似的，问："先生会弹琴吗？"张生说："弹琴？会呀！小生很喜欢弹琴。"红娘高兴地说："那么今天晚上小姐烧香的时候，你听到我的咳嗽，就弹上一曲，我家小姐深谙琴曲，小姐应能明白你的意思。"张生真是对红娘感激万分，一个劲儿地施礼表示谢意。

莺莺回到房间以后，对母亲的反悔也很是不满，她伤心愁苦，倒在床上，一点精神都没有，呆呆地望着屋顶，任凭泪水淌湿枕畔，听到红娘回来，她才连忙擦了擦眼泪，把头转向里面躺着。红娘和小姐从小就一起相处，情同姐妹，小姐的点滴变化她都能一眼看破，见小姐难过，她心里也很不是滋味。

到了晚上，月朗星稀，云淡风轻，红娘劝小姐去花园烧香。莺莺心情不好，躺着不愿意动，红娘又说："今天的月亮真好，我们就当去散步嘛，这么好的夜晚，出去走走，就什么烦恼都没有了。"莺莺经不住她再三劝说，就起来和她一起去了花园。

花园里，落红如泥，树叶在风中轻轻飘落，叶子间还有轻微的响声。莺莺随着红娘慢慢走着，仍然想着心事，她们来到太湖石附近时，红娘轻轻咳了一声，琴声便从西厢外传来，悠扬的琴声如泣如诉，莺莺的心一下子被吸引住了，她觉得那琴声就像是有人在与她诉说，说的也正是她现在的感觉。莺莺不知不觉就循着琴声来到西厢外，听琴听入了迷。红娘见她如此痴迷，如此投入，便说："小姐，你先在这听着，我回去看看老夫人，一会儿就回来。"说完就走了，其实红娘躲在了假山后面。

莺莺听到琴声突然改了曲目，弹的是《凤求凰》，而且还伴着张生自己的低声吟唱：

有美一人兮，见之不忘。一日不见兮，思之如狂。
凤飞翱翔兮，四海求凰。无奈佳人兮，不在东墙。

莺莺听得出这是《凤求凰》的歌词，是司马相如唱给卓文君的那首原词，心里也在比较自己的情思和勇气，这时歌声又继续了：

张琴代语兮，欲诉衷肠。何时见许兮，慰我彷徨。
愿言配德兮，携手相将。不得于飞兮，使我沦亡。

听到这样的词句，莺莺更是悲伤，泪珠滚滚而下。这时又听得西厢内张生的叹息："唉，老夫人言而无信倒也罢了，小姐呀小姐，你怎么也说谎欺骗张生呢！张生好命苦哇！又能向谁诉说？"莺莺听了，心里又是委屈，又是难过，她真想闯进张生的屋子里告诉他这事是母亲一意孤行，莺莺心里也不好受，也在思念他，可是碍于小姐的身份和从小受到的礼教，她不能越礼行事。红娘忽然跑过来，急急地说："小姐，夫人叫我们回去呢！"莺莺不高兴地说："难道你没看见我在这儿听琴吗？"红娘道："恐怕我们今后听不到这琴声了。""为什么？"莺莺忙问。"因为张生告诉我，既然老夫人背信弃义，小姐也无情无义，他再留在这也没什么意思，过几日就要走了。"红娘故意试探她。莺莺一听说张生要走，心里急得不知道怎么办，她不想张生与自己分离，更不想张生对自己怀着怨恨离开，于是她央求红娘道："好姐姐，你就劝劝他，让他多住些日子。""我？我能劝得住吗？人家留在这里可不是为了我呀！""那你就告诉他，已经有人劝老夫人考虑我与他的婚事了，老夫人也知道自己做得不对，再说婚姻大事并不都是一口就定的嘛！老夫人最终肯定会答应的。"红娘听了，偷偷一乐，说："好吧，那我就这么去说，再让他住些日子。"

自那晚弹琴之后，张生便病倒了，莺莺知道后，派红娘去看望。红娘却故意逗她说："我才不去呢！要是让老夫人知道了，还不打断我的腿？"莺莺焦急地央求道："我的好姐姐，你就帮我一个忙吧，去看看他。"说着眼泪就不住地滚下来，屈身就要给红娘下跪。红娘赶忙扶住她说："我的小姑奶奶，可不敢这样，我去就是了。"

红娘到了西厢门外，先用唾沫在窗纸上润破一个小洞，悄悄地向里面瞧望。只见张生和衣躺在床上，面容憔悴，还不住地叹息，像生病，又像是在发愁。红娘轻轻地扣门，说："先生，我奉我家小姐之命，来探望你的病情。"张生一听是红娘的声音，赶忙从床上挣扎着坐起，说："红娘快请进，小姐让你来就一定是有话要和我说。"红娘进了房间，对张生说："我家小姐是茶饭不思，也不梳妆，也不做针线，整日地念叨你呢！"张生一听，心里松快了许多，便说："既是这样，我这里有一封短信，请红娘带给小姐。"红娘却道："那不成，我家小姐见了这种东西，肯定是要生气的，还不把我交给老夫人训斥呀？"张生见红娘不答应，慌乱地说："小生必以重金相报。"这下红娘可不高兴了："敢情你把我红娘看成金帛之人了？我才不图你这个呢！"张生知道自己说错了话，赶忙解释："红娘不要生气，是小生说错了话，可小生无亲无故，对小姐又是一片真心，现在只有你能帮我呀。"红娘笑道："这还差不多，好吧，我就给你带去吧，你快写！"

张生拿起笔，当下一挥而就，写完信，顿觉精神也好了许多，他把信交给红娘，红娘却道："这么快就好了？那你念给我听听。"

张生展开念道："张珙百拜小姐妆前。自宴席一别，音信难通。夫人言而无信，以怨报德，使小生悲怆莫名。连日思念过度，病已垂危，因红娘来到，聊奉数字，以表寸心。如蒙见怜。书以掷下，张珙不胜感激。附诗一首：相思恨转添，漫把瑶琴弄。乐事又逢春，芳心尔亦动。此情不可违，芳誉何须奉？莫负月华明，且怜花影重。"红娘也听不太懂，但只觉得张生写得很好，于是说："先生也不要太劳神，要保重身体，红娘一定把信交给小姐。"说完告辞回去了。

红娘回到小姐住处，心想：该如何给她这封信呢？红娘非常了解小姐的脾气，要是当面给她，恐怕她不会要，于是红娘趁小姐梳妆前把信放在了妆台上，自己故意躲到别处。莺莺坐在妆台前，看到镜中的自己一天天憔悴，无精打采，也更懒得梳理，她忽然看见妆台上有一封信，便展开细看，看完后很是生气，问红娘："谁叫你把这种东西带进来的？你和别人一起戏弄我吗？看我不告诉老夫人，打断你的腿！"红娘很是委屈，说道："小姐不要生气，他让我带来，我又不识字，我怎知道里边写的是什么？你不高兴，还不如我自己拿着去向老夫人请罪。"说着便要拿着信往外走。莺莺说："好了，算了，谁个叫你去找老夫人了？我是逗你玩儿呢！快告诉我，张生怎么样了？"红娘说："张生已经瘦得不成样子了，他不吃不喝，也不读书学文了。"莺莺道："那应该快找个大夫看病呀！"她心里十分着急，又道："红娘，我和张生已是兄妹，他写信给我，我也一定要按礼节回信，你帮我带给他吧。"说完很快写了两行字，叠好，交给红娘，让她送去。

其实莺莺写的是一首诗："待月西厢下，迎风户半开。拂墙花影动，疑是玉人来。"

红娘又回到西厢，张生见红娘这么快就回来，喜出望外，忙问："小姐看到信说什么了没有？"红娘想起莺莺见到信发脾气的样子，便生气地对张生说："谁知道你写了些什么话给小姐，小姐一见就大发脾气，差点害我挨老夫人打，以后可别再让我给你捎什么信了。不过我家小姐给你回了信，让我带来了。"

张生读罢信，高兴得手舞足蹈，说："刚才你说小姐生气是假的，她约我到花园见面！"红娘不信，便说："那你给我说说，小姐是怎么写的？"张生念道："小姐前两句'待月西厢下，迎风户半开'，是说等月亮上来以后到花园来，她开着门等我。'拂墙花影动，疑是玉人来'是说让我从墙头跳过去，与她见面。"红娘倒听得有些不敢相信，她没想到小姐对她原来是假嗔佯怒，其实心里正想见张生呢。她也对小姐有些生气，心想，看你们到底想怎样见面。

到了晚上，又是微风习习，花影摇动，莺莺又叫红娘陪她去花园烧香，烧完香，红娘心想要看他们怎么相会，便说："小姐，我去把角门关上。"她刚来到角门，见有个人影在动，红娘还以为自己看错了，继续走着，突然一个人从旁边花丛中窜出，一把抱住了红娘。原来那便是张生，错把红娘看成莺莺了，红娘吃了一惊，把他推开，生气地骂道："你眼花了？难不成换成老夫人你也上去搂吗？也不看仔细点。"

张生见搂了红娘，羞红了脸，赶忙赔罪，又问："红娘，小姐在哪？"红娘说："小姐在假山石旁，她真的是叫你来约会吗？""那还有错？我猜诗谜还从没错过呢！"张生说完便往前走，红娘又怀疑地问："你不是说小姐让你跳墙过去吗？"张生点点头，便找了个墙矮的地方跳了过去。

莺莺正在沉思，忽听得有人跳墙，又直奔自己走来，便问："谁？"张生答："是小生。"莺莺一听是张生，大怒："张生你怎么是这种人，你半夜跳墙到我花园干什么？我告诉母亲，看不打断你的腿！"张生一听傻眼了，他没想到小姐会生气。莺莺又喊红娘，红娘只好走过来，劝道："小姐，你就饶了他这一次吧，谅他以后再也不敢了。"又冲张生说："张生，你是读书人，要懂得礼节，今天要不是有我红娘替你说情，看不让老夫人打你半死！这次算了，绝不可再有第二次！"莺莺不想再说什么，也不等红娘，就一个人回房间去了，红娘低声地冲张生笑道："你不是说猜谜不会错吗？傻了吧！快回去吧！"

张生从花园回来，又羞又气，病情加重了许多，真的是茶饭不进了，法本长老只好请人给他医治，老夫人听说了，也去看望了一回。

莺莺回去后，也是心情烦乱，她后悔对张生发脾气，也生气自己想向他表白又总羞于启齿，她听红娘说张生病得又厉害了，就连老夫人都去看过了，心里又担心又着急。红娘说："还不是因为你那天冲人发脾气，才成了这个样子，我看张生要是一病不起，或者再有个一差二错，你后悔也来不及了。"

莺莺被红娘这么一说，更是坐立不安，她偷偷写好一封信，叫来红娘说："我这里有一个药方，你帮我去带给张生，他的病就一定会好起来的。"红娘说："小姐，你就可怜可怜他吧，别再折腾他了，

你要再气他，恐怕他就会被气过去了。"莺莺骂道："死丫头，叫你去你就去，胡说些什么！"红娘只好奉命送去。

张生正在床上躺着，红娘进来，轻声问："张相公，你的病可好些了吗？"张生见是红娘，叹了口气道："我这病恐怕是好不了了，我全是被小姐害的。我好心救人，却落得如此下场，我要是死了，在阎王面前少不了你这个见证人。"红娘见他如此消沉，赶忙劝道："相公你也不必太难过，老夫人说一定帮你找大夫瞧病，小姐还让我给你带药方了呢！"说着，把小姐的帖儿取出来。

张生一见小姐的帖儿，便挣扎着坐起来，说："早知有小姐书信至，定当远迎。"他看了信说："小姐又约我见面。"红娘半信半疑，心想："原来不是药方，这小姐也太信不过我了，还瞒着我。"便问张生："这次小姐说什么了？"张生念道："休将闲事苦蒙坏，取次摧残天赋才。不意当时完妄命，岂防今日作君灾？仰图厚德难从礼，谨奉新诗可当媒。寄语高唐休咏赋，今宵端的云雨来。"张生又解释："这次与上次不一样，小姐说她一定能来，她约我今夜到书房相会。"但又转念一想，自言自语地说："可谁知道到时候小姐会不会变卦呢？要是老夫人看管得严，小姐出不来又怎么办呢？"红娘听了，宽慰他道："你放心，只要是小姐想出来，我一定能帮她。"

红娘回到小姐房间后，对莺莺说："小姐，你可不知道，张生现在病得可厉害呢！他一口饭菜都不想吃，说话都没力气了，可是一看了你的信，精神又好了许多，看来他的病全是因为你呀。"莺莺听了又是高兴，又是害羞，因为现在红娘知道她写的不是药方了，好在红娘也没追问，她心里很是感激。到了晚上，红娘催促莺莺快些吃完饭，好去会张生，怕张生早已等不及了，可莺莺又有些犹豫，推说身体不适，不想去了。红娘这下急了，说："小姐，你可不能不去，要知道张生的命就系在你手上了，你不守约定，送了人家性命可不是闹着玩的，怪不得张生说古人是'痴心女子负心汉'，现在却正相反。张生说再见不着小姐，恐怕过不了几天他就要去见阎王了。小姐，你可要好好考虑呀！"

莺莺其实心里是愿意去的，只是害羞，被红娘这么一说，添了不少勇气。于是红娘抱着被褥和枕头把莺莺送到了张生的书房。

张生早就在迎接了，他听说小姐要来，也奇怪，病一下子好了许多，不但有力气说话了，精神也好了许多，张生把小姐迎进屋，红娘便先回去了，张生与莺莺一对有情人，终于可以一诉衷肠。张生向心爱的人讲了自己思念的苦闷，说自己万万没想到退了贼兵之后老夫人会变卦，说他从第一次在太湖石边见到莺莺时就对她爱慕不已，还讲了他一定用一生一世去爱护她，决不会再让她伤心。莺莺也伏在张生怀里，百般温柔，一阵阵流泪，张生心疼地抚慰她，这对有情人如胶似漆、情意缠绵。直到后半夜，红娘来敲门，说时候不早，该回去了，否则被老夫人发现可了不得，二人这才依依不舍地分别。

从那以后，莺莺每晚都到西厢与张生同宿共寝，天亮之前红娘再来接她回去。这样过了一个多月，除了红娘以外，并没有别人知道，张生的病自然也就好起来，小姐的心情也好了许多，二人心情舒畅，情投意合。只是老夫人发现莺莺体态变得丰满，说话也和以前不一样了，心中便产生怀疑。一天老夫人自言自语道："不知莺莺怎么变得如此异常，也没见她去过哪里呀？"这话被在一旁玩耍的欢郎听到了，说："我看到姐姐有天晚上和红娘到西厢那边去。"老夫人一下子明白了，顿时大怒，她把红娘叫来质问。

红娘一看事情不好，老夫人这次真的要动家法打她，便理直气壮地把积了许久的话说了出来："老夫人，您别生气，其实这件事不是红娘的错，也不是张生和小姐的错，都是老夫人您的错呀！"老夫人一听，又纳闷又生气，说："你这个小贱人，犯了大错还敢狡辩，你胆子够大的，还说是我的错！"红娘说："常言道：'人而无信，不知其可也。'当日贼兵围困普救寺，老夫人许诺能退贼兵者，将女儿许配给他。张生爱慕小姐，他献策退兵，谁知兵退之后，老夫人却反悔，但又没及时打发张生走，让他二人能见面却不能倾诉，天长日久，自然就相思成病，何时是个头？您先有背信弃义之错，后有治家不严之误。而其实小姐倾城之貌，淑女之才，张生风流倜傥，满腹诗书，两人正是一对美满夫妻。依我看，不如就成全了他俩，倘若老夫人把此事张扬出去，日后张生告老夫人背信弃义，也毁了崔家的声誉和小姐的名声。"

老夫人听了红娘一番话，渐渐消下气来，对红娘说："罢了，你去给我把那两个不争气的东西叫来。"红娘赶忙去找莺莺和张生，两人害怕得不得了，不知道老夫人会如何处置他们。两人来到上房，恭恭敬敬地给老夫人见礼之后，便站直了，听凭处置，老夫人骂道："一个是书生，一个是相府千金，你们好大的胆子！不过老身今日不惩罚你们，你们若真的相爱，我也就成全了你俩。但是我崔家是不招白衣女婿的，张生，你明日便进京应试，媳妇我给你养着。你若得了官，就回来见我；

如果落了榜，就不要再回来了，到时我也不会再让你登我家的门。"张生只好答应。

第二天，崔老夫人便设酒宴，送张生赴京应试，法本长老也来了，莺莺在红娘的陪伴下为张生送行。此时已是深秋，碧云天，黄叶地，西风紧，雁南飞。莺莺与张生心中更是百般依恋，万种离愁，此一去不知是福是祸。老夫人和法本长老给张生敬酒并嘱咐他，到了京城一定先安心读书，力争一举夺冠。莺莺口占一绝以送张生："弃掷今何道，当时且自亲。还将旧来意，怜取眼前人。"读罢，泪如雨下，张生安慰道："妹妹，不要太过伤心，要养好身体，静候我的佳音。"他也念一首诗："人生长远别，孰与最关亲？不遇知音者，谁怜长叹人？"张生又转身对红娘说："红娘姐的大恩，我张生日后一定好好报答，这些日子还有劳你替我照顾小姐！"就这样，张生上马，与众人告别，依依不舍地远去了，他不住地回头望莺莺，莺莺也一直到望不见人影了才肯和红娘回去。

张生天黑前到达一个叫草桥的地方，就进店里投宿。晚上，他翻来覆去地思念莺莺，总也睡不着，后来迷迷糊糊地听到有人敲门，开门一看，竟然是莺莺，张生问："你怎么来了？"莺莺说："我趁母亲睡熟了，就偷偷地跑出来，我要和你一起去京城。"张生高兴得不得了，正要把莺莺请上床，突然孙飞虎带着人来抢莺莺，一惊醒来，发现原来是一场梦，他心里想念莺莺，就更加急于应试，没过几天便到达京城。

张生来到京城，找了个安静的旅店住下，天天用功温习经史。第二年开春参加科考，一举中了状元，皇上授他翰林学士之职。他写了一封信，让琴童连夜赶赴普救寺给莺莺送信，自己则等候皇上的任命。张拱在信中写道："玉京仙府探花郎，寄语蒲东窈窕娘。指日拜恩衣昼锦，定须休作倚门妆。"

莺莺见到张生的信，感慨万千。她半年来思念张生，牵挂张生，人都瘦了。她担心张生万一考不到官职，母亲再度拆散他们，又担心张生身子单薄，受不了漂泊之苦，莺莺终日在思念的泪水中苦闷度日。如今见有了喜报，她怎能不激动？她让琴童先休息，自己回闺房准备，不一会出来，把一封信和一包东西交给琴童，说一定交给张生。又让红娘安排琴童吃饭，给了他十两银子作盘缠，又嘱咐了好多话，琴童都一一记下了，然后启程返回京城。

张生收到了莺莺的信，她和着张生的诗写了一首："阑干倚遍盼才郎，莫恋京中黄四娘。病里得书知中甲，窗前揽镜试新妆。"张生又打开包袱，原来里面是一张瑶琴，一支簪，一双袜子，一件汗衫，一条腰带，一枚斑管。张生不禁为莺莺的才情深深地打动，他更是为自己能找到如此贤淑聪慧的妻子而高兴。

张生是这样理解小姐的这几样东西的：琴是让我回忆当时抚琴弄诗的往事；玉簪，是小姐的头饰，见物如见人，是不让我忘记她；斑管上的点点斑迹象征湘妃的泪水，让我知道她的相思之苦。张生心情又是喜悦又是激动，久久不能平静。

再说郑恒接到姑姑崔夫人的书信，要他前来普救寺把姑父的灵柩扶回博陵安葬。他迟迟未曾动身，可偏偏在张生中了状元以后，才来到河中府，但听说姑姑已经把莺莺许配给了张生，便非常气愤，派人去叫红娘询问情况。老夫人觉得让红娘见他也好。红娘向他讲了张生如何退贼兵，老夫人如何许婚的过程，又说了莺莺如何与张生情投意合，郑恒心中嫉妒，便决定抢娶莺莺，被红娘大骂一顿。

次日，郑恒到老夫人那里，造谣说："张生在京城中考取了进士，得了官职，游街的时候，赶上卫尚书家小姐在彩楼上抛绣球择婿，正中张生，便把他拖入府中成亲去了，张生说他是崔相国的女婿，卫尚书说那是先奸后娶的，只能作妾，这件事在京城已经尽人皆知。"老夫人见郑恒说得有鼻子有眼儿，竟然相信了，便决定把莺莺嫁给郑恒，郑恒诡计得逞，便准备花红彩礼，不几日就要迎娶。

张生中举后，被封为翰林院编修，撰写国史，可他哪有心思待在翰林院里写书呀？他急切地想到河中府去见莺莺，便请示圣上更换官职，皇上对他倍加赏识，也就答应了他的请求，另封为河中府尹。张生得到任命后，马上启程回河中府。他来到普救寺，却正赶上郑恒吹吹打打要娶莺莺，一问方知是郑恒造谣欺骗了老夫人和莺莺。张生极力分辩，无奈之中请来杜确做证，杜确派人当即拿下郑恒，郑恒这才招认是自己一时嫉妒张生，才编造的谎言。老夫人闻听，让人把郑恒赶出了家门，当即由杜确主婚，为莺莺和张生举行了隆重的婚礼，至此，才叫是有情人终成眷属。

【赏析】

王实甫，名德信，字实甫，大都（今北京）人，生卒年月和生平事迹不详。据有关资料推知，他曾做过地方官吏，后辞官隐居，混迹于妓院勾栏等地，熟悉歌伎生活，擅写"儿女风情"类杂剧。他的创作活动大致在元成宗元贞、大德年间，晚年完全归隐，蔑视争夺权力，以诗酒度过余生。王实甫共作杂剧十几种，今保存下来的仅有《西厢记》《破窑记》《丽春堂》三种和《芙蓉亭》《贩茶船》两剧的片段。他的剧作主要取材于封建时代的上层社会生活，描写封建阶级"叛逆者"的形象，着重人物内心活动的刻画，有浓厚的抒情气氛，戏剧性强，语言华丽有文采。

《西厢记》源于唐代元稹的传奇小说《莺莺传》，原写唐贞元年间，寄居蒲州普救寺的少女崔莺莺在薄情书生张生的追求下与之相恋，以身相许，终被抛弃的悲剧故事。作者虽成功塑造了莺莺这个人物形象，但最终将她骂作"尤物"，持"女人是祸水"的谬论，极力为张生始乱终弃的负心行为辩护，并牵强附会地把"负心"推许为"善于补过"。到了宋代，《莺莺传》被收入《太平广记》，成为民间说书讲唱的文学题材，金时董解元改写成《西厢记诸宫调》，改变了崔张故事的悲剧结局，写成青年男女争取婚姻自由的喜剧。王实甫又根据董作改编成《西厢记》，最终为这部爱情传奇定型。

崔相国死后，妻子郑氏、女儿莺莺扶灵柩回乡安葬，路遇兵乱，羁留在河中府普救寺内。书生张君瑞上京应举，路过普救寺，偶见莺莺貌美，遂向寺主借住僧房一间，伺机与莺莺传情。武将孙飞虎听说莺莺美貌，带领数千人马前来抢劫，围了普救寺，使全寺惊恐。郑氏无奈，传出能退贼兵者，将莺莺许配于他的口信。张生得知后，挺身而出，写信给知交好友白马将军杜确，解了普救寺之围。不料郑氏转危为安后，又中途变卦，设筵席请张生，让莺莺向张生敬酒，以兄妹相称。莺莺十分不快，抑郁回房，张生也愤然告辞。丫鬟红娘看不过，便暗中为崔张二人牵线，张生于夜晚琴挑莺莺，二人得以互通心曲。后张生相思成疾，莺莺让红娘前去探望，张生以书简相托，莺莺回信，约张生"明月三五夜"相会，张生夜间赴约，莺莺羞愧，又责怪张生无礼，张生摸不透莺莺心思，从此病重，卧床不起。莺莺爱恋张生至深，放下心理负担，始与张生暗结连理，夜夜同张生宿于西厢。日久之后，郑氏发现隐情，拷问红娘。红娘只得将实情和盘托出，并指出造成如此后果，全是夫人的过错。郑氏理屈词穷，怕污了崔家和女儿的名声，只好应允他们结为夫妻，但又提出张生必须进京赶考，得了功名才能迎娶莺莺。张生因此被迫入京应试，中了状元，然而此时郑氏的侄子郑恒却以莺莺曾许他为由，在郑氏面前造谣说张生中状元后做了卫尚书家女婿，郑氏恼怒，遂又将莺莺许给郑恒。在郑恒要娶莺莺之际，张生回来，百般解释自己清白，又请来杜确做证，郑氏才知是郑恒撒谎，把郑恒赶出去，为张生莺莺完婚，有情人终成眷属。

《西厢记》是一部传统的经典爱情喜剧，提出"天下有情人终成眷属"的主张。莺莺、红娘、张生都是家喻户晓的人物，后人著作中也多引莺莺、张生的故事为典故。莺莺是个大家闺秀，她养在深闺，知书达礼，懂得三从四德，但是在面对真性、真情的呼唤时，她一步步脱去套在身上的教条规范外衣，终于向爱情迈出了坚定的步伐。她几次与张生接近，又几次犹豫不决，反复无常，除了受自身的身份和所受的教养影响外，她的反复也缘于少女怀春特殊的心理。莺莺初次见到张生，可以说就已被他吸引，但她生来不与男子接近，虽心有爱慕，但又不知道张生是否对自己真心，若轻易委身于人，遇到薄情郎，则悔之晚矣。所以她第一次约张生，却言不由衷地将张生责骂一顿，实在是出于害羞和害怕，若只把这一点归为她受封建礼教束缚，怕是不恰当的。莺莺是个正值妙龄的少女，她有思想、有见识、有正常人的欲望和追求，所以她不满意父母包办婚姻，有另寻如意郎君之心，而遇到张生后，她心生爱恋，但又有一般少女害羞、担忧的心理，所以对张生欲迎还拒，几经试探、磨合后，才最终倾其身心与张生相恋。莺莺复杂的心理活动与起初对张生态度的反复无常，恰恰使莺莺这个人物更加真实、更加丰满。

而红娘是个倍受人们喜爱的人物，她鲜活热烈，又纯真善良，积极为别人的幸福爱情忙碌，她敢于为一对相爱的人穿针引线，敢于点破莺莺的假意推拒，敢于批评指责老夫人的背信弃义。红娘作为一个丫鬟，不仅冒着触犯老夫人的森严家法受责罚的风险，还被莺莺假意斥责，但她不计较个人委屈，仍积极为莺莺张生奔走，既不图莺莺感恩，也不图张生金帛酬谢，她的出手相助完全是源于她的正义感和同情感。红娘的热情、勇敢，让人拍手称赞，她是一个真善美的人物，若没有红娘，则没有崔张的爱情，《西厢记》也当减去大半光彩。

张生与以往的才子书生一样，爱慕莺莺的美貌才情，并费尽心思执着追求，但他不敢正面与郑老夫人冲突，只能让红娘帮助，则显示出他的软弱。后来与莺莺暗中来往后，又满足于偷欢，而不积极主动追求光明正大的婚姻，若不是老夫人发现，逼迫他上京赶考，恐怕他只能停留在与莺莺私会的阶段，若不是红娘正面在老夫人面前为他们辩解，说明利害，老夫人也不会轻易答应下这门亲事。风流书生只贪恋风流，不积极为自己的爱情求得正果，用"软弱"一词恐怕是不能完全为之开脱的。所以在《西厢记》中，张生是个多情的书生，但却不是个丰满的人物，不是个真正有力量争取爱情、维护爱情、守护爱情的人，他是在外界的助力与阻力的交织下被推进点燃花烛的洞房的。难能可贵的一点是他多情，但未像《莺莺传》中的张生那般薄情，始终专情如一，对莺莺矢志不移，这是作者的有意升华，基于这一点，张生是值得肯定的。

而崔相国的夫人郑氏历来被指责为封建家长、封建卫道士，她固然有违背女儿心愿、破坏女儿幸福的错处，但完全说她是维护封建礼教也实在是有点冤枉。郑氏出身名门，长期在官门生活，而一旦家道中落，自然有重振家门之想。若张生只是个白衣秀才，则此想就无望了，所以她起初赖婚，后又逼张生上京赶考，这样做完全是为了维护崔家的门第和名声。她若一点都不心疼女儿，则早就让莺莺嫁了孙飞虎，那孙飞虎好歹还是个将军，比张生这个无钱无势的书生强多了。但她在孙飞虎围寺时，却情急之下将莺莺许给可解围之人，可见她在女儿的婚姻问题上，既追求门当户对，也想让女儿幸福。当知道莺莺已经与张生暗中结合之后，她就只有让张生入京考试，考个一官半职了，若张生仅是个书生，不但重振家门无望，连莺莺以后的生活都难以保证。郑氏作为相国的遗孀，有持家之责，作为莺莺的母亲，有爱女之心，在为人处世上，自然按照她的生活经验和固有的道德思想行事，她固有违背诺言之错，有门当户对的陈腐观念，也间接维护了自己信守的礼教，但完全将其说成封建卫道者，当成反封建的对象来指责，也是有失公允的。

《西厢记》中惯于人物的心理描写，尤其是莺莺的心理活动，真实地刻画了一个怀春少女的复杂矛盾心情，并通过心理描写，把莺莺与张生的互相思恋，一步步积累起来，最终冲破所有顾虑，爆发出来，而使二人的暗中结合，不让人感到突兀。《西厢记》中还表现了各个人物的假意，郑氏夫人最初许婚是假，莺莺推拒张生、责骂红娘是假，红娘说报与老夫人知道是假，而郑恒说张生做了卫尚书的女婿也是假。这些说假者中，有人虚伪、狡猾，有人真诚、善良。这些假的情节的描写，却步步体现了人物的真实，也最终缔造成就了崔张的真情，拨开重重迷雾，看到的是人物的本性流露，是真情的坚贞热烈。

李 逵 负 荆

北宋末年，山东、河北一带爆发了大规模的农民起义，起义军占领梁山泊，人称"及时雨"的宋江被推举为头领，在聚义堂前树起"替天行道"的杏黄大旗，他们劫富济贫，除暴安良，深受百姓爱戴。

这一年的三月三日清明节，春光和煦，杨柳依依，一片大好风光。于是宋江下令军中放假三日，让兄弟们下山游玩，顺便祭扫坟墓，但三日后必须回山。

在梁山泊附近有一个杏花庄，村里有家小酒店，店主是个叫王林的老汉。王林老伴儿去世得早，丢下一个女儿，叫满堂娇。老汉视女儿为掌上明珠，一个人把她拉扯大，没少费心血。如今满堂娇年满十八岁，出落得俊俏妩媚，人见人爱，而且也能帮老汉在店里干点活了。

这一天，店里来了两个人，一个自称是宋江，一个自称是鲁智深，进来就让王林烧酒吃。其实这两个人是冒充的，他们一个叫宋刚，一个叫鲁智恩，经常冒充梁山好汉在山下为非作歹。虽说梁山上的英雄们经常到王林的酒店来买酒喝，可王林还真的没见过宋江和鲁智深，所以他不知道他们是假的，只忙不迭地给他们上酒上菜。

宋刚想故意骗取王林的信任，对他说："我就是及时雨宋江，我这位兄弟便是三拳打死镇关西的鲁智深，我的兄弟们常来你这里吃酒，谁要敢给你捣乱，你就跟我说，我给你出气。"

王林一听感激不尽，说："梁山好汉个个是侠肝义胆，对老汉帮助很多，老汉还愁无法报答呢，哪里有捣乱的呀！"于是一个劲儿地给他俩斟酒侍候。

几杯酒下肚，两人的歹心就上来了。宋刚问老王："王林，你家里还有别的什么人吗？"王林答："有一女儿叫满堂娇，平日里帮我做点零碎活。""那让她给我们端壶酒来怎么样？"老汉一听有些为难，但又想平日里梁山好汉对自己有恩，这点小小的要求又算什么！于是进屋去把满堂娇叫出来给二位斟酒。宋刚一见满堂娇肌肤雪白，腰肢玲珑，便一面喝酒一面色眯眯地在她身上打量。

宋刚假装慈善地对王林说："老王，我的弟兄们在你这里多有打搅，今天我来敬你一杯，以表我谢意。"王林推托说不敢，可宋刚执意要敬，王林就喝了。宋刚又扯着王林的衣服袖子说："看你的衣服都破了，我送你一条红绢腰带，你拿去做些缝补用吧！"说着，把一条红绢腰带塞给王林。

没想到过了一会儿，鲁智恩哈哈一笑，说："王林，你可知道吗？刚才敬你的那杯酒是喜酒，那红腰带便是红定，我宋江哥哥要娶你的女儿回去做压寨夫人了。不过，老头儿你放心，我们只用三天，第四天就给你送回来！"说完，两个人拖着满堂娇就往外走，满堂娇哭喊着挣扎，王老汉怎拦得住他们俩？被鲁智恩一把推倒在地，女儿就这样被抢走了。

王林万万没想到梁山泊的汉子也是徒有虚名，竟然做得出这种坏事。他心里充满苦闷和怨恨，独自伤心落泪。

且说梁山泊放假，弟兄们纷纷下山游玩，黑旋风李逵也不例外，他哼着小曲，迈着方步，观赏着青山绿水。他看到青青的草地，潺潺的流水，娇艳的桃花，禁不住自言自语道："谁要说我梁山泊没有好景致，看我不撕烂他的嘴！"

李逵喜好喝酒，每次下山必要先到王林老汉的店里喝上一顿。今天也不例外，不一会儿，他就摇头晃脑地来到了王林的酒店，在门外便迫不及待地冲里面喊道："老王头儿，俺又来吃你的酒了，酒钱现付，烫一壶酒！"王林正在为女儿的事难过，无精打采地接过钱去烧酒。酒端上来李逵咕噜咕噜地抱着坛子就喝，他喝酒很少用碗，从来不讲斯文，然后用手撕开羊肉就大口地吃起来，吃了一半，李逵忽然发现王老汉今天有点不太对劲儿，好像心不在焉的，就冲王林喊："王林，你怎的这般没精神？要是有难处，跟俺说，要生病了，去叫个人来瞧瞧不就行了吗？"

王林正在气愤梁山泊的假正义，就伤心地把女儿被抢的事告诉了他，并把红腰带拿给他看。

李逵一拍桌子，站起来，瞪着眼睛骂道："好你个宋江，竟做出这种事来，还有脸给兄弟们讲替天行道，看我今天不好好收拾你！"说着就往外走，到门口又折回来，抓起桌上的红腰带，说："他若不承认，我就给他看这证据！看他还有啥好说的。"

正逢三日假期将满，梁山上聚义堂擂鼓聚会，营寨里，枪矛林立，一面杏黄大旗迎风飘展，"替天行道"几个大字威严醒目。聚义堂上，宋江端坐中央，旁边坐着吴用、鲁智深等人。

李逵风风火火地奔上来，瞪了宋江一眼，说："帽儿光光，今日做个新郎，袖儿窄窄，今日做个娇客。学究哥哥，今儿我们有大喜事呀，宋公明娶了个压寨夫人，可不曾请我们弟兄喝酒呢！"宋江一听，摸不着头脑，不知道李逵为什么说这番荒唐话。鲁智深在一旁道："你这家伙又在哪里喝多了酒，回来撒疯，像只半死的老鼠乱叫。"两旁众人听了，不由得笑了起来。李逵哪里肯让他说，又指着鲁智深骂道："还有你这个秃驴，倒会做媒人，想不到你们一起干出这种勾当！怪不得人家说咱梁山泊水不甜人不义，还要这杏黄旗做甚！"说着举起大斧就朝"替天行道"旗杆上劈去，幸亏旁边的弟兄们阻拦得及时，才没让他砍倒。

宋江冲他吼道："你这铁牛，有话不说清楚，就胡乱闹事。"吴用也劝道："到底碰到什么事情了，弟兄们都在此，你慢慢说不行吗？"

李逵这才把王林老汉女儿如何被抢的事说了出来，还说王林讲得清清楚楚，就是梁山泊的宋江和鲁智深抢走了他女儿，还留下了红绢腰带可以做证。李逵说着，火气就又上来了，指着宋江说："你还是快些把满堂娇送回去，给王林赔礼道歉，否则我非跟你拼个你死我活！"宋江是有口难辩，看了看红腰带，大概明白了是怎么回事，就笑了笑，对李逵说："铁牛，你既然一口咬定是我抢了满堂娇，我就和你打个赌。如果是我抢的，我情愿把这颗脑袋给你，可要不是我干的，你输什么？"李逵说："要不是你干的，我摆一桌酒向你道歉！"宋江道："那不行，你得和我的相称！""好，那我也押上我的人头！"李

逵认为人证物证俱在，也不示弱。"好，那就立下军令状，让学究兄弟收着。"宋江说道。

于是二人立了军令状，交给吴用。李逵、宋江、鲁智深三人下山直奔王林家。

在路上，宋江、鲁智深走在前面，李逵紧紧跟在后面，生怕他俩逃跑了。如果走得快了，李逵就挖苦道："走那么快干什么？是不是听说去老丈人家，等不及了？"宋江被他说得浑身不自在，于是脚步又放慢了点，李逵却又挖苦："你脚小走不动呀？是不是做贼心虚，不敢走了？"宋江拿他没有办法，但又不知道自己怎么惹的祸，于是想缓和一下气氛，对李逵说："你还记得你刚上山时，我们八拜结交的情景吗？"李逵根本不拿正眼看他，不屑地说："呸！你还有脸提八拜结交的事！我没有你这样的兄弟！你欺负良家女子还不承认，简直丢尽了梁山泊好汉的脸！"宋江被噎得没法再说下去，只得忍气吞声往前走。

三人来到王老汉店门前，李逵上去叫门，而且嘱咐宋江二人见了老人不许耍威风，以免老汉不敢认。

王林老汉提不起精神挂旗子招待客人，一大清早也没开门，一个人躲在屋子里思念女儿。他神情恍惚，一会儿觉得女儿满堂娇回来了，一会儿又担心女儿被虐待，不禁一阵阵地落泪。这时，只听得外面有人喊："王林，我给你把女儿找回来了，快开门！"王林赶紧擦擦眼泪，开门一把抱住进来的人，哭道："我可怜的女儿呀！"突然王林觉得被东西扎了一下，松开一看，原来抱住的不是自己的女儿满堂娇，而是大胡子的李逵，他赶紧放开了手。

李逵对王林说："我把抢你女儿的人找来了，你认认是不是他们俩，你一定要如实讲，我可是把脑袋赌上了。"宋江上前对王林说："请你仔细看看，我是不是那天抢你女儿的人？"李逵在一旁就等老汉说个"是"字，就可以下手捉住宋江。不料王林瞪着眼睛看了半天，摇了摇头，说："不是他。"李逵不信，赶忙冲宋江喊："早说过不叫你吓唬老汉，看你现在吓得他不敢认了！"又对王林说："你不是说宋江抢了你的女儿吗？这位就是及时雨宋江，你再仔细认认，一定认准了，说实话，我可是赌上脑袋的！"王林还是摇摇头说不是他。李逵有些急了，他搜着老王走到鲁智深跟前说："你既不敢认宋江，那么来认认这个鲁智深，不是他做的媒吗？"王林看鲁智深就更不像了，对李逵说："那两个人，一个是白脸皮儿，瘦高个，另一个尖嘴猴腮，癞痢头，不是他们二位。"

李逵傻眼了！他抱着最后一线希望对王林说："怎么会不是呢？你再好好想想。"宋江这时冲李逵笑了笑，说："怎么说话呢！难道你真盼着我宋江去做那种事吗？"然后又对王林说："王林，你的女儿一定是被冒充我的人抢走了，我们会帮你找到她的！"说完叫着鲁智深："走，我们回山寨去等李逵吧！"两个人动身上山了。

李逵现在明白了，是自己太鲁莽，结果惹了大祸，他一肚子的窝囊气不知道冲谁发泄，又觉得错怪与自己相交多年的宋江哥哥，心里惭愧无比，他揪住王林老汉，差点挥出拳头。王林吓得一个劲儿地喊女儿的名字，他才心软下来，松了手，丢下老王头朝山上走去。

王林心里也不好受，女儿回不来，恶贼捉不到，倒惹得李逵赌上自己的脑袋。正在他百感交集，为李逵担心的时候，听得外面有人喊："老王头儿，快开门，你女儿女婿回来了！"王林不知道又要出什么事，只好去开门，原来宋刚和鲁智恩两个恶贼把满堂娇送回来了，宋刚还眯着眼睛，笑嘻嘻地对王林说："你看，我说三天后给你送回来，就真送回来了，说话算数吧！你女儿跟我一场，我也不会亏了你，今天还给你牵羊担酒来了。"

王林见到女儿满堂娇，知道女儿肯定受了委屈，搂住女儿老泪纵横，可他又想这次可不能再让两个坏蛋跑掉了，要想办法惩治他俩。于是他擦了擦眼泪，笑着对他俩说："既是亲戚了，就进屋喝两杯吧！"宋刚见老头儿真的认他这个女婿，高兴得不得了，就招呼弟兄们放开来喝酒。

王林一个劲儿地给宋刚和鲁智恩敬酒，他俩正想讨好老丈人，就多喝了一些，时候不长就醉倒了。老王头对那些小喽啰说："你们大哥今天高兴，多喝了几杯，今天就让他俩住我这里吧，反正我已是他的老丈人了，你们尽管放心，弟兄们请回吧，老夫就不多留了。"那些人也不敢得罪大哥的老丈人，就乖乖走了。于是王林把门反锁上，直奔梁山泊找宋江他们。

再说李逵回到梁山泊，还没进寨门，就被天巧星浪子燕青拦住了，燕青心机灵巧，他给李逵出主意说："你白白让他砍了头，岂不太窝囊了？你不如学古人负荆请罪，让他打几下出出气，日后还有机会去做为民除害的事情嘛！"李逵别无它法，只好砍了一束荆条背在背上，朝聚义堂走去。

聚义堂上，宋江、吴用、鲁智深等人早已在等候李逵，李逵背着荆条走上堂来，"扑通"一声跪在地上，闷了老半天才说："我李逵有眼无珠，误会了宋江哥哥，请哥哥惩罚！"宋江冷笑道："你小子今天倒学聪明了，要知道，我与你赌的是脑袋，不是打几下的事，你可是立过军令状的！"李逵求饶道："哥哥，你可知道，那杀头一刀就解决了，不疼，要是打，可是打一下疼一下的，你还是多打我几下吧，我以后再也不会鲁莽做事了。"宋江把头一歪，并不理会他，吴用在一旁劝道："还是饶了他这一回吧！"宋江却说："军中无戏言，他自己立的军令状，怎么能反悔呢？"

李逵见劝说无用，就想与其让他杀了，还不如自己把头砍下来算了，就提出向宋江借一口宝剑，宋江叫兄弟递给他。李逵低头一看，原来正是当年他们八拜结交时他送给宋江的那口宝剑，他望着宝剑，回想着兄弟十年的情义，感慨不已。当初怎么也不会想到自己会死在这把剑下呀！可谁叫自己在众人面前侮辱宋江哥哥，还硬跟他赌脑袋呢？他狠了狠心，举起剑来，准备自刎。

正在这时，王林到了。他一边跑，一边喊："请刀下留人！我有事相报！"王林气喘吁吁地把如何灌醉那两个坏蛋的经过说了一遍。宋江听说假冒自己的恶贼自己送上门来了，便对李逵说："今天你若能把那两个恶贼捉住，就可以将功补过，饶你一次，如果你捉不住他俩，我不会放过你。想去吗？"

李逵现在对那两贼简直是恨之入骨，恨不得把他俩烧着吃了，便爽快地答应道："我今天一定会活捉他们，哥哥就把这个任务交给我吧！"宋江又道："既然他们是两个人，我再给你一个帮手，让鲁智深和你一起去吧。"

鲁智深本来就是一个行侠仗义、好打抱不平的人，对这样的任务从来都是乐意去做，何况此次两贼还冒充了他的名字，他更想惩治一下他俩。于是李逵、鲁智深二人随王林一起下山，直奔杏花庄。

到了杏花庄，两恶贼刚从梦中醒来，正想找王林，向王林告辞。这时鲁智深手执禅杖、李逵提着板斧闯了进来，抡起家伙就朝宋刚和鲁智恩劈去。两人还没反应过来是怎么回事，吓得赶紧躲闪，还边藏边问："你们是什么人？"李逵大喝道："说出来恐怕会吓得你屁滚尿流，我就是梁山泊的黑爹爹李逵，这位哥哥是花和尚鲁智深！"两个坏蛋一听，知道大事不好，吓得想溜，但他们怎能逃得过两位梁山好汉的手掌心？还没找到屋门，就早被一人一个捉住了。

李逵、鲁智深告别王林父女，押着两个坏蛋回到梁山泊，经过仔细审问才知道，这俩家伙已经打着梁山泊好汉的旗子做过许多坏事。宋江当即命令把这两个恶贼处死，为民除了害，并且在梁山泊摆酒筵给李逵和鲁智深庆功。

聚义堂上一片欢声笑语，春风吹拂下，杏黄旗上的"替天行道"四个大字显得更加耀眼。

【赏析】

康进之，生卒年月和生平事迹不详，棣州（治今山东惠民县）人，元代前期的戏曲作家，所作杂剧今知有两种，《黑旋风老收心》已不传，只存《梁山泊李逵负荆》，简称《李逵负荆》。

在元代戏曲中，描写水浒戏的有三十多种，今存有六七种，《李逵负荆》是其中的优秀著作，成为千古名剧，后来施耐庵把这一故事搬入《水浒传》中，京剧又把它改编为《黑旋风李逵》。

《李逵负荆》成功地塑造了李逵这样一个充满强烈喜剧色彩的英雄形象，歌颂了李逵忠于梁山事业和勇于改错的精神。梁山脚下有一酒馆，店家王林与女儿满堂娇相依为命。一日两个贼人冒充梁山好汉宋江和鲁智深把满娇堂抢走，王林救不下女儿，痛哭流涕。时值清明节，梁山泊兄弟放假三天，李逵下山游玩，来到王林酒店喝酒，听说满堂娇被宋江和鲁智深抢去做压寨夫人，顿时火冒三丈，回梁山找宋、鲁二人算账。李逵向来敬重宋江和鲁智深两位哥哥，但听说他们做下这等坏事便决不能容忍，他回山见到宋、鲁二人后，不问清楚，就对二人讽刺挖苦，大声责骂，并一气之下要将梁山泊"替天行道"的大旗砍倒。误会越闹越大，宋、鲁二人知道他莽撞，辩解无用，最后宋江与李逵立下军立状，各押上性命，若果是宋江所为，则宋江情愿受死，若不是，则李逵以人头赔罪。然后三人一起来到王林酒店，王林当然认出宋江和鲁智深不是抢走他女儿的贼人，李逵再三让王林辨认，王林都说肯定不是，李逵这才明白自己误会了两位哥哥，想起对二人的侮辱责骂，深为后悔。但若就这样赔上性命，他觉得死得很不值，回到梁山后，浪子燕青给他出主意，让他负荆请罪。李逵便背了荆条，到梁山聚义大厅，跪下向宋江、鲁智深真诚赔礼道歉，众兄弟也为他求情。但宋江为治治他莽撞的毛病，坚决不允，执意要按军令状处置李逵。正当李逵要拿宝剑自刎之时，王林来到梁山上，说两个贼人已经出现。原来那俩恶贼一个叫宋刚，一个叫鲁智恩，经常冒充梁山好汉做坏事，他们把满堂娇抢走三天又送了回来，王林知道女儿受了委屈，想到要为女儿报仇，不能让李逵白白送命，便用酒将俩贼灌醉，反锁在家里，然后到梁山上报信了。宋江趁机让李逵将功补过，李逵和鲁智深一起把两个恶贼捉回梁山，并在宋江的命令下，将二人处死，为民除了害，梁山泊"替天行道"的大旗依旧迎风招展。

李逵是一个十分成功的喜剧形象，他豪爽坦诚、嫉恶如仇，又莽撞轻信。由于他是个粗人，才会轻信，一听说是宋江、鲁智深抢了人家女儿，就火冒三丈，信以为真。因为他疾恶如仇，所以才鲁莽暴躁，对宋、鲁又是嘲讽，又是责骂，即使宋江是首领，做了恶事，他也不留情面，以致误会越闹越大，非赌上性命不可。而李逵又正直坦诚，知错能改，知道自己错怪了两位哥哥后，便背上荆条，诚心认错，一点不为自己的错误辩解遮掩。李逵是个刚直的汉子，是个莽撞的英雄，正是他的鲁莽，造成误会，误会之中又显出他的可爱，若不是忠于梁山泊"替天行道、除暴安良"的事业，若不是有路见不平、拔刀相助的侠义心肠，他也不会听到王林女儿遭劫，就暴跳如雷，更不会为别人的事，跟自己的首领反目，甚至赔上性命，而当他知道自己错了，又敢于当众承认错误，请宋江责罚，这粗直的李逵更有几分可敬。

同时，李逵又是个粗中有细的人，他听说宋江、鲁智深抢走了满堂娇，怕二人不认账，把那红腰带捎上做凭证。三人一起下山时，他又走在后面，怕宋、鲁跑了，并一路调侃讽刺。见到王林后，又嘱咐二人不要说话，以免吓着王林不敢辨认，这些情节又都表现出李逵的机智细腻，幽默乖觉，稍稍偏离了他粗莽的本性，更让人觉得他可亲可爱。李逵是半粗半细，似呆似慧，他的性格具有多重性，轻信鲁莽是他的缺点，疾恶如仇是他的优点，在故事中，作者通过情节安排、戏剧冲突，把优、缺点集中统一于李逵一身，使李逵这个人物非常立体、丰满、真实，让人又喜又爱。

《李逵负荆》是一部十分优秀的歌颂性喜剧。全剧以李逵为中心展开戏剧冲突，故事以误会产生开始，又以误会消除结束，而这误会全由李逵的性格所起，经过一场巧合、误会，李逵爽朗鲜明的性格跃然纸上，一个憨厚朴实的草莽英雄活生生地展现在人们面前，深受观众喜爱。全剧幽默机巧、情趣盎然，处处有喜剧效应，处处引人发笑，改编成戏剧《黑旋风李逵》后，几十年来，在舞台上盛演不衰。

看　钱　奴

　　元朝时，在山东曹州有个叫贾仁的穷汉，自幼父母双亡，无亲无故，没有财产，没有房屋，没读过书，也没学过艺，生活穷困潦倒。他没有本领，别的事情不会做，就只好干些力气活儿，帮人家挑土筑墙，和泥脱坯，白天干一天活儿混口饭吃，晚上就到城南破窑里睡觉。他经常抱怨老天对他不公平，也天天盼着天上掉馅饼，让他也发上一笔财。

　　有一天，贾仁照样给人家打墙，打到一半儿的时候，觉得有点累，便到附近的东岳灵派侯庙休息。他进庙看到神像，想："我何不在此祷告，让神灵也赐我点福气，省得像现在这样一天到晚给人家干活，还缺吃少住。"于是他"扑通"跪倒在神像面前，捻土为香，说道："大神在上，小人贾仁在这给您磕头，您看见了吗？哎，我的命好苦哇！我自幼父母双亡，一个人老实巴交地干活，可还是要忍饥受冻，穷苦度日，为什么别人就能吃好的，穿好的，享受着荣华富贵，而我就没有？请神仙也赐我点福分吧。我不求大富大贵，您只要赐我些小富贵，我就心满意足了。我一定斋僧敬道，敬老怜贫，修桥铺路，为您重塑金身，贾仁谢神仙，贾仁又给您叩头了……"说着说着，他渐渐觉得困倦，就倒在神像面前睡着了。

　　你还别说，贾仁的祷告真的让灵派侯知道了，他把专管人间生死富贵的增福神叫来，问道："阳间有一个叫贾仁的，在我的庙里埋天怨地，到底是怎么回事？"增福神答道："请让小臣细细探查，再来禀告。"于是，增福神领了旨回去了解情况，又回来向灵派侯禀告道："上圣，贾仁平日不孝父母，不敬神位，毁僧谤佛，残害生灵，是个本该冻死饿死的小人，怎能给他富贵呢？您不用管他。"

贾仁睡得迷迷糊糊，好像听到了灵派侯和增福神的对话，下意识地就分辩起来："尊神，您可别听增福神一面之词，我一向孝顺父母，爹妈在世时，我从来不打骂他们，我平素读经念佛，吃斋把素，勤勤恳恳，安分守己，从来不偷盗抢劫，不与人争执。"增福神见贾仁竟如此恬不知耻，还在狡辩，很生气地说："大胆贾仁，在我面前你还敢狡辩！你一向亏心作恶，欺负好人，你做的坏事神明都已经看到了，你还在这瞒心昧己，胡说八道！"

贾仁一听，吓得趴在了地上，连连叩头。可他是个有名的泼皮无赖，什么招儿都使得出来，便又哭哭啼啼地请求道："大神在上，小人有眼不识泰山，可小人真的是饥寒交迫，度日艰难呀，神仙怎能见死不救呢？就可怜可怜小人，赐些小富贵吧，我以后一定改过自新，重新做人，只做好事，不做坏事。"增福神对灵派侯说道："您别看他现在这副样子可怜，他一旦富贵，就会作威作福，欺负好人。"贾仁听了赶忙插话道："绝对不会，上圣，我贾仁要得了富贵，定会救济贫困的人，帮助孤寡的人，修桥补路，一生行善，报答神恩。"

灵派侯见他又是叩头，又是哭天抹泪儿的，便也动了心，对增福神说道："他虽做了许多坏事，本该冻死饿死，但天不生无禄之人，地不长无名之草，他既然指天盟誓，如此心诚，就赐他些福力吧！"既然灵派侯都这样说了，增福神只好照办，于是拿出福禄簿一查，说："如今曹州周家庄有户人家，有三辈阳功，但他父亲有一念之差，当受些惩罚。我把周家的福力暂借与你贾仁二十年，二十年期限一到再还与周家。"贾仁听了，趁机插嘴："尊神慈悲，那既然借了，就再添上一笔，三十年吧，二十年太短了。"增福神有些生气了，说道："你还不知足？有道是'善有善报，恶有恶报，不是不报，时候未到'。你好自为之吧！"说完，把贾仁用力一推。这一推，贾仁跌了一跤，打了一个激灵，就醒了。

贾仁伸了伸懒腰，揉了揉眼，自言自语道："刚才见到增福神要借我福力，给我钱财，还以为真的呢！原来是一场梦。哎！这样的好事是不会让我贾仁碰上的，我还是去打墙吧！"于是，他爬起来拍拍身上的土，离开了灵派侯庙，又去打那半边墙。

贾仁的那场梦还真是没白做，就在他继续挖土打墙的时候，他挖出了一石槽金银元宝。贾仁当时差点晕过去，他哪里见过那么多的元宝呀！不过他还没慌了手脚，他见四处无人，连忙又用土埋好，等到半夜时分，他才偷偷地把元宝搬回城南破窑的家中。

得了财宝，贾仁就再也不去给人家打墙了，他摇身一变，成了大财主。他买了田地，买了房屋、当铺、粉房、油房，很快就发了起来，成了当地有名的首富——贾员外。

再来说曹州府周家庄这户姓周的人家，原来主人叫周奉记，是个财主，平生不理家务，只敬佛门。他自己出钱盖了一座佛院，整日吃斋念佛，后来，家业渐渐衰败。周老财主死后，他的儿子决定重整家业，他认为是父亲信佛念经耽误了家业，所以他狠下心来拆毁了父亲修建的佛院，修整自己的宅舍，可宅舍修好没多长时间，他就得了重病，最后死掉了。人们都说这是他不信佛的报应，周奉记的孙子周荣祖便成了周家的主人。

周荣祖自幼好读书，是个秀才，他一心想进京赶考，等中了榜，得个一官半职，再回来重振家门。于是他和妻子张氏商量，将祖上留下的财产埋在宅院的后墙根儿，带上儿子长寿，一家三口上路赶往京城应考。

结果周荣祖名落孙山，一家三口只好回到家中，却发现家中埋好的财宝已被人盗走，真是"屋漏偏逢连阴雨"，周家从此家道不兴，衣食艰难。最后，周荣祖只好卖掉房舍，备些盘缠，到洛阳投亲，可偏又寻亲不遇，盘缠又早已用完，于是一家三口只好乞讨为生。这时正值寒冬腊月，天空飘着鹅毛大雪，周荣祖的心都凉透了，对妻子说："我们就是冻死饿死，也要死在自己的家呀！"于是一家三口，万般无奈地顶风冒雪奔曹州方向走去。

好不容易到了曹州，三人已面黄肌瘦，憔悴不堪，张氏搂着可怜的孩子，心疼得直掉眼泪，她央求周荣祖道："秀才，你快去给孩子讨口饭吃吧，再这么走下去，孩子就被冻死了！"周荣祖也早忘了该给孩子要些吃的，听妻子一说，才赶忙跟跟跄跄地在风雪中去敲门乞讨。

这家店小二见到周荣祖一家三口冻得哆哆嗦嗦的样子，便把他们叫到屋里说："秀才，这么大冷的天，你们怎么出门在外呢！快喝杯酒暖暖身子吧。"周荣祖道："我哪里有钱买酒喝呀？我是个穷秀才，三口人探亲回来，遇上这般大雪，只想借您的地方避避风雪。"店小二见他们也确实可怜，就说："没事儿，你们就在我这休息吧，谁家出门也不能带着房子，不是吗？我这里还有早晨供的三杯利市酒，就给你喝一杯吧！"周荣祖连忙推谢说："我真的没钱买酒。"店小二说："利市酒是不要钱的，我是看你穿得单薄，想让你暖暖身子。"周荣祖接过来一口气喝了下去，不一会儿就觉得浑身暖和。

张氏和长寿在一旁馋巴巴地看着，也不敢说要喝，怕惹店小二不高兴。店小二却注意到了他们母子的意思，说道："干脆我今天好人做到底，这三杯利市酒给你们一人一杯算了，反正今天风雪大，客人也不会太多。这对我，就图个吉利，对你们，就开个方便，你俩也喝了吧。"说着，把剩下的两杯酒分别递给了张氏和长寿。俩人喝酒下肚，顿时觉得身体暖和了不少。周荣祖感激地向店小二深深作揖道："哥哥大恩，日后一定报答。"张氏也作了万福以表谢意，机灵的长寿跪下来给店小二磕头。

店小二是个心肠善良的人，他看到这家人如此忠厚老实，又如此落魄，不由得抚摸着长寿的头说："可怜的孩子，其实还不如跟个好人家，也免得如此遭罪。"周荣祖听了，难过地说："只要有人要，那也是个办法，唉！""你真舍得送人吗？"店小二忽地想起了什么似的。"天下哪个父母愿做这样的事呀，可也总比跟着我冻死饿死强呀！"周荣祖边叹气边说。

店小二说这里正有个财主想领养个儿子，他让周荣祖在店里等着，自己去叫人，不一会儿就领着一个人进来。这个人叫陈德甫，正是贾仁的管家。

且说贾仁得了财宝，成了员外，人变得更加吝啬、抠门儿了，倒也聚敛了不少的财富，只是老婆不生孩子，贾员外天天发愁自己的这些财富没人继承，便托管家陈德甫一定要帮他找个孩子。这不，陈德甫一听有人要卖孩子，便跟店小二过来了。

小二领着长寿让陈德甫看了看，陈德甫见长寿眉清目秀，心里很满意，便问小二："这孩子的父母呢？"于是小二便把周荣祖叫过来，陈德甫见他是个书生打扮，只是衣衫破旧，面容憔悴，便问他："秀才，您是哪里人？为何要卖孩子？"周荣祖便把自己如何赶考落榜，如何钱财被盗，如何投亲无靠、流浪乞讨的经历简单地说了一番，说到要卖孩子，秀才也不禁流泪。墙角的长寿现在早已听明白了他们的意思，扯着周荣祖的衣服哭了起来："爹，别把我送人，我是你们的孩子，娘，别把我卖了……"孩子的哭声惹得张氏无比难过，搂着孩子哭泣不止，就连店小二的眼睛也湿润了。周荣祖拉过长寿说："孩子，你跟着爹娘只会冻死饿死，爹给你找了个好人家，你要学乖，要好好念书，长志气，记住爹的话。"说完，早已泪流满面。

陈德甫见他们伤心的样子，只好劝道："这买孩子的不是我，是这里的一个贾员外，他无儿无女，但有万贯家财，您的孩子要是跟了他，那他的家底就全是您儿子的了。你们也不必如此的伤心，这世上因祸得福的事很多，没准这回就让你给赶上了。你要愿意的话，就跟我一道去他家看看，如何？"周荣祖点点头，一家三口就跟着陈德甫去了贾员外家。

到了贾府，陈德甫让周荣祖他们在院外等候，自己先进去见贾仁。

贾仁正在鱼塘边盯着几个壮丁干活，陈德甫上前小声说道："员外，您前些日子说要找个孩子的事儿，我给您找了，您要不要去看一看？"贾仁斜着眼睛问："你说是有卖孩子的呀，是个什么样的人？

"回员外，是个穷秀才。"

"秀才就秀才，什么穷秀才？"贾仁的脸说变就变。

陈德甫说："就是个穷秀才嘛！ 哪个有钱人肯卖儿卖女呀！"贾仁说："那你把他带进来吧！"

陈德甫连忙答应着往外走，把周荣祖叫过来，说："员外叫你进去呢！"周荣祖愣了一下，然后说："先生，您好人做到底，就帮我们说几句话，让员外多给些银子吧！"陈德甫说："没问题，这员外有的是钱，就缺儿子，他一高兴，没准能多给！"

两人进了门，贾仁头也不抬地斜着眼睛瞟了周荣祖一眼，问道："秀才，你是哪里人？ 叫什么名字？"周荣祖连忙答道："小人周荣祖，字伯成，曹州人氏……"还没说完，贾仁就不耐烦了，挥手说："得，得，得，我平生最看不惯的就是像你这样的穷酸，都到了靠卖子为生的地步，还咬文嚼字呢！ 陈德甫，你快让他出去，你没看见饿虱子满屋子飞呀！"陈德甫对贾仁的傲慢非常气愤，但又没办法，只好摇摇头走到周荣祖身边小声说："秀才，你就忍着点，有钱人都这样。"周荣祖又羞愧又难过地憋着气退出旁门，来到院外，使劲儿

地搂住了长寿。

贾仁对陈德甫说："陈德甫，这买孩子，可得立个文书，否则他以后不认账了，再要孩子怎么办？"陈德甫连忙准备好纸笔，只听贾仁这时装起斯文来，念道："立书人周秀才，因为家贫无钱使用，情愿将亲儿卖与财主贾老员外为子……"

陈德甫插话道："员外，谁不知道您有钱，只写'员外'就行了，'财主'二字就不用加了吧？""你懂什么！我不是财主，难道是穷汉不成？"陈德甫没办法，只好照他说的写下去。

"……当日三面说定，立约之后，不许反悔，如有反悔之人，罚宝钞一千贯与不反悔之人使用。空口无凭，立此文书，永远为照。"

"员外，这反悔了罚钞一千贯，可这孩子卖多少钱还没写呀！"

"这个你就不用管了，我是财主，他是穷汉，他能要几个钱，我手指缝里弹出来的就够他吃一辈子的了，我还能亏了他吗？"陈德甫点点头，说道："员外说的有理，我这就去找秀才签字。"

来到门外，陈德甫对周荣祖说："秀才，说好了，贾员外说空口无凭，还让立了文书，你看！"周荣祖看到"如有反悔，罚钞一千贯"时，问陈德甫："这只说了反悔罚钞一千贯，可没说我这孩子能卖多少钱呀？""我也这么问员外，他说不会亏了你，他手指缝里弹出来的，也会够你吃一辈子的。"周荣祖听着也没什么问题，就在雪地里把文书签了。周荣祖此时隐约觉得贾老员外虽然傲气，但很大方，一定不会亏待了他，而且他们的长寿以后就可以在这个财主家里享福了，想到这儿，他的嘴角还露出了一丝微笑。可长寿已经听到了他和陈德甫的谈话，知道自己被父母卖了，他抱着父亲的腿，害怕地哭着："爹，不要卖我，我去给你干活儿，别卖了我，我害怕到别人家……"听到这哭喊声，天下哪个做父母的不心如刀绞？张氏已哭得成了泪人儿，周荣祖的心里不知道该喜还是该忧，他呆呆地站在那里，任风把他那破旧的衣衫吹起来老高。

陈德甫拿着签好的文书来见贾仁，贾仁看了看说："写得好，写得好，你再给我念一遍吧！"其实陈德甫心里清楚，贾仁根本就是大字儿不识！陈德甫念道："今有立书人周荣祖，因为无钱使用，愿将自己亲儿卖与财主贾老员外为子……"贾仁听到"财主"二字时，格外得意地把头伸了伸，挥了挥手，说道："好，好，写得不错，那就把那小孩叫过来吧，让我看看。"于是陈德甫又把长寿领进来，贾仁一见长寿长得眉清目秀，非常满意，便问他："你姓什么，叫什么？"

"我姓周，叫长寿。"

"以后再有人问你姓什么，你就说姓贾，叫贾长寿，听清了吗？"贾仁教道。

"不，我姓周，我爹也姓周。"

"姓贾！"

"姓周！"

贾仁哪有那么好的脾气慢慢调教一个外人生的孩子，他伸出手"啪"的一巴掌把长寿打倒在地上，说："这小子不懂规矩，得好好教训，娘子，你来管教他吧！"贾仁的老婆也是当地有名的心狠手辣之辈，她上前假惺惺地替长寿擦擦泪，说："你要学乖，听娘的话，赶明儿，娘叫人给你做最好看的新棉袄，要有人再问你，你就说姓贾。""你做新衣服我也姓周。"贾仁老婆见长寿还敢顶撞她，于是翻了脸，上去就是一个耳光："你这小东西，还敢反了天不成？再闹看老娘怎么收拾你！"说着就要抄棍子打长寿，陈德甫赶紧上前拦住，说："夫人别生气，调教孩子，日后还有的是时间，这人家亲生父母还没走呢，怎能就打孩子呢？"

中国十大喜剧故事

这贾仁一听方才回过神儿来，说："他们怎么还不走，赶紧让他们走吧。""可他们还没有拿到卖孩子的恩养钱呢？"陈德甫心里不知道贾仁又要耍什么心眼儿。贾仁故作糊涂地说："什么恩养不恩养的，随他给我几贯就行了。"陈德甫说："员外，人家是因为没钱才卖儿子的，你怎么倒向他要恩养钱？"贾仁瞪着眼珠儿说："你连这都不明白，他养活不起自己的孩子，卖给我，得在我家吃，在我家住，我不向他要钱向谁要？"

陈德甫这时已经气得头皮都炸了，说："员外，世上哪有这样的道理，人家辛辛苦苦把孩子养到这么大，你要了人家孩子还要让人家倒贴钱给你！"贾仁还故意装糊涂地说："你去跟他说，他要不给我恩养钱，就叫他把孩子领走，都说有钱不买张嘴物，谁白白给他养孩子，不过文书上写得明明白白，谁若反悔，得罚一千贯钞，他可是签了名字的。"说着，把那张文书举起来晃了晃。陈德甫现在夹在中间可为难了，他万万没想到贾仁还会使出这样不讲天理的招数，他万般无奈，"扑通"一声给贾仁跪下了，央求道："员外大人，您就发发慈悲吧！我陈德甫一心为您办事，才做了这个担保，您就多少给秀才几个银子，打发他走了，穷人家也不容易呀！"

　　贾仁见目的马上可以达到，就说："好吧，我是看在你的面子上，才给他些钱！"于是又冲里面管钱的人喊："来人，给我把库房打开！"陈德甫心里这才踏实下来，心想周秀才终于可以领到钱了。只听贾仁又喊："陈德甫，你快来兜着！"陈德甫赶忙撩起衣襟："给他多少？"

　　"一贯！"

　　"什么？人家这么大的一个孩子，就给人家一贯钞？"

　　贾仁不耐烦地说："不少了，不少了，你可别小看这一贯钞，这上面印着多少'宝'呢！我不要他的恩养钱了，给他这些已经够多了，人家是读书人，说不定还不要钱呢！"

　　陈德甫此时哭笑不得，不知该再说些什么，只好拎着一贯钞往门外走。

　　周荣祖和张氏早已在门外等得着急了，他们也听到了长寿的哭声，一阵阵揪心，只是不敢进去，真是应了那句话——人穷志短呀！他们一见陈德甫出来，就好像见了救星一般，可一见他手里只拎了一贯钱，张氏急了："什么？难道他就给我们一贯钱吗？我那可怜的儿呀！"接着就又大哭起来。

　　陈德甫为难地把刚才发生的事一一叙说了一遍。周荣祖气得浑身直哆嗦，这个一直都文文弱弱的书生不知从哪来了一股勇气："这个贾员外，想用一贯钱买我儿子，就是个泥娃娃他也买不到呀，他也欺人过甚了，我去找他，把孩子要回来！"陈德甫怕事情闹大，忙说："您别急，还是我去吧。"

　　陈德甫无可奈何地拿着一贯钞又回到贾仁跟前，贾仁眯着眼睛笑着说："我说了吧，读书人，你给他钱他也不一定要。"陈德甫见他还在装糊涂卖乖，很是生气："人家是嫌少，人家说这点钱连个泥娃娃也买不到！"

　　"泥娃娃？泥娃娃用得着张嘴吃饭吗？我把这孩子养大日后还要花多少钱？我不要他的恩养钱已经够便宜他了，他还想要我的钱，不会是你在背后教唆的吧？那我问你，你是怎么给他这钱的？"陈德甫说："我说，这是员外给你的钞。"贾仁狡猾地说："难怪他不要！你应这样，把钞高高地举起，对他说：'这是员外赏你的宝钞一贯！'"陈德甫真是哭笑不得："员外，我就是举得再高，它也就是一贯钞呀，您就再多少给他添点，打发他走算了。"贾仁咬了咬牙，对里面喊道："来人，再取一贯钞来。"陈德甫说："员外，这又不是买东西讲价钱，一贯一贯地添，您就再多给他一些吧！就当是救济穷人，我们也积德了嘛。"贾仁一听拿他的钱就像剜他心尖上的肉，板了脸说道："决不再添，就这两贯，要也是它，不要也是它，如果反悔就让他拿一千贯钞来找我！"

陈德甫此时真是恨自己当初不该管这闲事儿，可现在他是进退两难，他也真的把贾仁看透了，便说道："那我在你家两个月，也该给我两个月饭钱吧，你现在把我的饭钱也支取出来吧，我凑成四贯，打发秀才走。"贾仁冷笑道："看来你陈德甫是个行善的人，你想做好人，随你去做，我不管你，但你从这支饭钱，要立个字据，免得以后来我这儿赖账。"陈德甫拿过纸笔写了字据，拿了钱就出去了。

面对周荣祖，陈德甫只觉得事情没办好，对不起人家，说道："秀才，这员外是个有名的悭吝之人，他只给两贯，我把在他这里做工两个月得的饭钱也支出来，给你添成了四贯，算是我送给你的。我陈德甫一生为人正直，最见不得仗势欺人之事，只是又没多大本事，就只能帮秀才这点小忙，你把钱带好，就上路吧。日后相信我们还有机会再见面的。"周荣祖感激得直淌眼泪："先生大恩大德，日后一定相报！"然后回过头冲着贾府的大门骂道："贾仁你这个心肠狠毒的家伙，总有一天老天会报应你的，欺负好人，欺骗穷人，你定会不得好死！"

贾仁在里面听到周荣祖在门外骂他，非常生气，气势汹汹地跑出来，还要喊人把家里的狗放出来咬周荣祖，陈德甫便推着周荣祖说："你们还是快些走吧。"这样，周荣祖夫妇互相搀扶着离开了。贾仁却还不停地叫骂，好半天才停下来说："可气的穷秀才还敢骂我，陈德甫，你帮我找了孩子，我本该请你吃茶喝酒的，现在没了兴趣。这样吧，我有个昨天吃剩的烧饼，你拿去吃了吧！算我谢你了。"陈德甫心想，吃了你的东西，还不被噎死才怪呢！于是，他没理贾仁，就回自己家了。

怪不得人常说时光如东流之水，总是悄无声息的，又最容易逝去，这一晃儿，自从贾仁买了孩子，不知不觉间已过去了二十载。贾仁是越老越悭吝，长寿也早忘记了幼年的事情，改了姓，已长大成人。贾家的日子过得很兴旺，只是这一次贾仁突然病倒了，而且越来越严重。

贾仁的病得的很是蹊跷。那天他到街上，看见店里有卖烧鸭子的，那鸭子嫩黄油润，贾仁看了，非常想吃，可又心疼那几个银子，舍不得买。他走过去，假装要买鸭子，用手在鸭子上面使劲地摸了几把，把五个手指头沾满了油。然后他赶忙跑回家中，让仆人给他盛饭，吃一碗饭吮一根手指头，连吃了四碗饭，也就吮了四根手指头，剩下一根手指头打算吃晚饭时再留着下饭吃。结果他困了，就靠在椅子上睡着了，一条狗跑进来，舔掉了他第五根手指头上的鸭油。贾仁醒后，一看鸭油没了，很是生气，心里憋了一口气，从此便逆嗝不止。

贾仁的病一天比一天厉害，眼看就快要死了，便把儿子叫到床前，说："长寿呀，爹这病怕是好不了了，我这辈子省吃俭用，今天一定要破一破悭吝，你给我买块豆腐，我想吃了。"长寿忙问："爹，你想买几贯钱的？"贾仁说："就买一文钱的吧！"长寿说："爹，一文钱只能买半块儿豆腐，那够谁吃呀！就买一贯钱的吧！""不用，不用，太多了，那要不就买十文钱的吧！"贾仁狠了狠心才说出了十文钱，要他花钱可比抽他的肋骨还疼呀！

于是长寿赶忙拿了十文钱去买豆腐，一会儿回来了，贾仁一看，便说："这才是五文钱的豆腐呀，我不是给了你十文钱吗？那剩下的呢？"长寿说："那卖豆腐的就剩这些了，先欠下了。""那哪成呀？你知道那个卖豆腐的姓什么叫什么吗？他家住在哪！左邻右舍都是谁？"长寿说："爹，你问这么多干什么呀？你还是好好养病吧！"贾仁满面忧愁地说："他要是万一搬了家，咱这五文钱可找谁要呀！"长寿摇摇头，觉得没办法，谁也说服不了贾仁，那都是一辈子的习惯了，就由他去吧。

长寿又对贾仁说："爹，我想趁你还健在，请画师为你画一张喜神像。"贾仁想了想说："你看着办吧，不过要画就只能画背面，因为画前面那叫开光旺，要加喜钱的，这你就不知道了吧。"长寿想哪有画半天只画背面的，那还不如不画算了。贾仁在床上躺着，眯了一会儿没睡着，于是又起来对长寿说："孩子，我可能真的活不长了，我死后，你打算怎样发送我呢？"长寿答道："我一定为爹买最好的杉木棺材。"贾仁一听急了，说道："你可别买，杉木价太高了，再说我死了以后，还知道什么是杉木柳木？咱家后院里不是有个马槽吗？你用那个发送我就行了。"

"那马槽太短，怎能装得下爹呢？"

"马槽短不要紧，你只要把我拦腰剁成两截不就装进去了吗？但一定要记住，剁的时候可不能用咱家的斧子，到时借别人家的。"

"爹，咱家不是有斧子吗？为什么不能用？"

"看你什么都不懂，叫我怎么放心得下呀！爹的骨头硬，用咱家的斧子剁，卷了刃，还要赔上几文钢钱！"贾仁为儿子的不会算计而着急，又一个劲儿地逆嘱起来。

这个时候，贾仁几乎都要昏迷了，嘴里却只念叨着："别忘了……那五文钱的……豆腐……"说着说着昏了过去。长寿请来医生，医生说他的病已经无法挽救了。贾仁躺在床上，只剩最后一口气。

长寿心想父亲这一生积攒了不少财富，自己却没舍得花过，现已病入膏肓，他想为父亲做点什么。他听说泰山泰安神庙烧香很灵验，于是决定带着兴儿前去烧香为父亲祈求平安。他们主仆二人奔波了几天才到达泰安。那时正逢三月二十八东岳圣帝诞辰日，好多善男信女都赶来烧头炷香，庙里庙外已经有好多人在等了。

且说周荣祖夫妇自打卖了儿子以后，一直过着流浪乞讨的生活，二十年来，他们心里一直记挂着儿子，盼望着能早日与儿子团聚。这天他们也到了泰安神庙，便想何不也等明天烧个头香，求神仙保佑他们能时来运转，与子团聚？于是他俩很早就来到了神像前，累了，便打扫一片地儿，躺在那儿睡着了。

长寿带着兴儿来到庙中，见最靠前的一个位置却被两个老叫花子占了，于是叫来庙祝问道："这对叫花子是怎么回事？堂堂圣殿睡着两个老叫花子，你们这些人是干什么的？"庙祝知道长寿是远近有名的贾老财主的儿子，人称小员外"钱舍"，财大气粗，不敢得罪，便说："公子，他们也是赶来烧香的，这种地方更应讲究慈悲为怀，看他俩这么大把年纪，就可怜他们，让他们在这睡一宿吧。"长寿却道："我也是从老远来为父亲祈求平安的，为的是烧炷头香，难道他们在前面，让我烧二炷香不成吗？"

兴儿早已听明白长寿的意思，不等庙祝回答就上前一把把正在睡着的周荣祖拉了起来，大喊："臭叫花子，看被你们招的这大殿上都是苍蝇，快滚开！"周荣祖还没明白过来是怎么回事，便问："你们是干什么的？""你休管老子是干什么的，快收拾你的东西，给我滚开这里，让你们弄得这大殿都不是好气味！"长寿边骂边上去一脚把周荣祖踢倒在地，张氏这时听见吵声也已醒过来，她赶紧去扶周荣祖，两人搀扶着走到离正位稍远的地方坐下，周荣祖心里气愤得很，但又惹不起。

第二天一大早，长寿爬起来烧头香，口中还念叨着："东岳圣帝在上，在下贾长寿，父亲病重在床，望神仙保佑父亲早日康复……"可就在他念叨的时候，一旁的周荣祖夫妇俩，可能是晚上睡觉着了凉，一个劲儿地打喷嚏，差不多长寿说一句，他们就打一个喷嚏，他们打一个喷嚏，长寿就回头看他俩一眼，后来弄得整炷香都烧得心烦意乱。贾长寿很生气，他认为两个叫花子是存心给他捣乱，他烧完香又走到他俩身边，一人一拳，又一人一脚，打完了才扬长而去。天下竟有如此的巧事，儿子打的是自己的亲生父母，却互相都不认识，真是可叹、可气、可笑呀！

长寿和兴儿烧完香，离开泰安庙，直奔家中，还没进门，就听见里面一片哭声，贾仁早已咽了气。贾仁死后没几天，他老婆也得暴病，突然身亡了。贾长寿成了真正的贾员外，他其实对贾仁做人做事的吝啬很反对，但爹在世时他没有说话的权力，做不了主，现在他当了家，很注意对下人和穷人的态度，贾家在外的名声也有了好转。

周荣祖夫妇俩那天遭到了长寿的狠打，心中无比凄凉，更加想念自己的亲生儿子，于是决定去曹州看望儿子，只求此生再见一面。他们沿街乞讨，一路风餐露宿，历经艰辛，终于又回到曹州境地。可张氏走着走着，突然眼冒金星，头出虚汗，昏倒在地上，周荣祖一时慌了，不知该如何是好，他抬头见不远处有家酒店，便搀扶妻子挪到酒店里。其实这正是他们当年到过的那家酒店，店小二走出来，可相互早已认不出来了。周荣祖求他施舍一杯酒给张氏，店小二说，她病得这么厉害，喝酒不行，对面有家药铺，可以去那儿，于是周荣祖又搀扶张氏到了对面的药铺。

这家药铺的主人正是陈德甫，当年他帮贾仁买儿子从中做担保，见识到贾仁的为人刻薄悭吝至极，贪婪卑鄙可恶，实在看不惯，就辞了贾家，自己开了一间小药铺。一来救济危病中人，二来自己挣些微薄银子度日，遇到穷困的人来抓药，他经常是不要钱。

周荣祖来这给张氏抓了药，服药后，不一会儿张氏就清醒过来，周荣祖赶忙谢谢陈德甫，说："谢大人救命之恩，只是我们一时付不起药钱。"陈德甫说："你不用付药钱，出去后给我传传名就行了，我叫陈德甫。"周荣祖只是一个劲儿地作揖道谢，还是张氏反应快，说："那年咱卖长寿儿的保人不就是叫陈德甫吗？"

陈德甫一听，边打量周荣祖边问："你叫什么名字？""在下周荣祖。"互相打量了一阵子，双方才惊喜地认出对方，周荣祖和张氏倒地便拜："您真是我家的大恩人呀！两次救我们，真不知今生如何报答！"

于是陈德甫扶他俩坐下，听他们诉了一阵这些年的凄惨遭遇，最后周荣祖说道："不知我那长寿儿现在怎样了？"陈德甫告诉他们，贾仁夫妇已经死去，长寿已长大成人，当上了贾员外，顶门立户了。张氏赶忙说："先生能帮我们见一面孩子吗？哪怕看上一眼再死也无挂牵了。"

三人正谈论间，只听外面有人喊："陈叔叔，我来看你了！"来人正是贾长寿。陈德甫笑道："还真巧了，小员外来了，进来，进来。"陈德甫待长寿坐下后便高兴地说："长寿呀，今天叔叔要告诉你一件大事，贾员外其实并非你的亲生父亲，而你的亲生父母是眼前的这两位老人，你快去拜见他们吧！"长寿一见周荣祖夫妇，便惊讶地张大了嘴巴，不敢相信这是真的。陈德甫只好把当年的事情向他诉说了一遍，又说："长寿，你的父母这辈子受尽了苦难，你今后可要好好侍候他们，让他们安度晚年！"

长寿跪在周荣祖夫妇面前，道："父母在上，请受孩儿一拜！"此时的周荣祖夫妇早已认出他就是在泰安神庙横行霸道、欺负他们的那个小公子，老夫妻俩真不知道是该气还是该笑，该喜还是该悲！

周荣祖把脸一歪，说："你这个为非作歹的顽徒，我不会认你这个儿子的！我就是宁可冻死饿死在街头，也不稀罕你的东西，你走吧！"陈德甫在一旁听得纳闷，问道："你这二十年不是都在盼这一天吗？怎么又不认了呢？"于是周荣祖又把如何在泰山神庙被长寿欺负的经过说了一遍，又说："我不认这个儿子，我还要去告官，要告他个忤逆不孝的罪名！"这时长寿在一旁已经是吓得汗如雨下，央求道："求爹爹开恩吧，不要告儿子，儿子以后一定要好好孝敬您二老。"陈德甫也在一旁说情："秀才，你就认了吧，再怎么说，这也是你亲生的而且当初带着讨饭跟你受苦的孩子呀！"一提起当年的经历，张氏早已控制不住，在一旁悲喜交加，泣泪涟涟。

长寿这时赶忙说："爹，你就算告了官，我拿大把的银子去收买官府，你还是告不倒我的，我当初是有眼不识泰山，现在孩儿真的一心悔过了，我一定会好好孝敬你们。"他说着站起来，吩咐手下的人去抬一箱银子来。不一会儿，有人抬来一箱银子，长寿说："爹，你看，我把这些都交给你。"周荣祖摸出一个银锭一看，不禁大惊失色，说："娘子，你快看，这是咱家的银锭，这上面有咱们家的印记！"张氏和陈德甫凑上去一看，果然银锭上都印有"周奉记"的字样，周荣祖告诉他们这是他祖父的名字，于是他把当年去赶考把银子藏在墙下而被盗的事向陈德甫叙说了一遍，陈德甫一拍大腿，恍然大悟道："原来当年贾仁一夜之间成了富翁，是他在打墙时得了你家的元宝啊！绕了二十年，现在真叫物归原主了！"所有在场的人都感慨不已，都说太便宜贾仁那个悭吝鬼了。

此时，店小二和街坊也闻讯赶来，在陈德甫的引见下，周荣祖夫妇与店小二重又相认，周荣祖一个劲儿地作揖道谢，"恩人恩人"地叫个不停。他从箱中取出两个锭子，一个给陈德甫，说："你当年把自己的饭钱都接济了我们，现在这是我的一份心意，您一定收下！"另一个给店小二，说："哥哥当年用三杯酒救了我一家三口，我一生感激不尽，这个银子算我的一点心意，请务必收下。"然后又向众人说："我周荣祖一生乞讨，过惯了穷困的日子，也深知穷人的难处和艰辛，现在我要这么多钱也没有用处，乡亲们如果看得起我，就接受我的一点心意吧！"他让陈德甫帮他把银子分给穷苦的人家。从此他们和长寿在一起度过了幸福的晚年。周荣祖品行正直，与人为善，曹州的百姓无不称赞。

【赏析】

郑廷玉，一作庭玉，元初彰德(今河南安阳)人，生卒年月和生平事迹不详，所作杂剧二十几种，今存《看钱奴买冤家债主》《包龙图智勘后庭花》《楚昭王疏者下船》《布袋和尚忍字记》《宋上皇御断金凤钗》五种。《太和正音谱》上称其词如"佩玉鸣鸾"，日本青木正儿在《元人杂剧概说》中将其划入"敦朴自然派"。郑剧语言质朴，于平淡中见功力，技巧娴熟，长于描摹人情世态，纤微毕现，神妙毕备，极富生活气息。

《看钱奴》故事源于晋代干宝的《搜神记》，流传演绎几百年，至元郑廷玉遂写成看钱奴买冤家债主，苦吝一世而人财两空的故事。穷汉贾仁是个无赖，靠给人打坯筑墙为生。他在神庙中埋天怨地，怪老天不公，并祈求神灵赐他点富贵，灵派侯见他可怜，就让增福神借给他二十年的财富，期满后物归原主。后贾仁在打墙时挖出一箱子金银元宝，从此发家致富，成为财主。秀才周荣祖家本是豪富，后来家道中落，他带上妻儿进京赶考，却落第而归，发现埋在后墙下的金银也被人盗走，宅院已荒芜破败。无奈之下，周荣祖举家到洛阳投亲，投亲不遇，只得返回家乡，路遇大风雪，周家三口衣不蔽体，食不果腹，幸有一家店小二好心肠，给他们一人一杯水酒喝，他们才不至于冻死饿死。周荣祖万般无奈，由贾仁管家陈德甫作保，把儿子长寿卖与贾仁为子。贾仁财大气粗，却视财如命，狡诈吝啬，只用两贯钱就骗买下周家的儿子，周氏夫妇愤恨而去，陈德甫也生气地离开了贾家。二十年后，长寿长大成人，成为贾仁的儿子贾长寿，贾仁越老越悭吝，因狗吮吸了他手上的鸭油而气病在床，想吃块豆腐都舍不得几文钱，还嘱咐儿子自己死后，用马槽当棺材，省下棺木钱。贾仁病入膏肓，长寿为他到东岳庙上香，遇到周荣祖夫妇，他已不认得自己的亲生爹娘，竟仗势殴打辱骂了贫困潦倒的父母。贾仁死后，长寿成为贾员外，一改贾仁在世时悭吝的作风。周荣祖夫妇又回到家乡，经陈德甫介绍做证，才与长寿父子母子相认。长寿为补前时殴打父母之过，搬出家中的银子给父亲，周荣祖拿起银子一看，竟是当年自家失盗的银两，至此物归原主，周家一家得享天伦，贾仁只做了二十年替人看守钱财的守财奴而已。

《看钱奴》是一部讽刺喜剧，成功塑造了一个贪财悭吝、视钱如命的吝啬鬼形象。贾仁是个俚俗气息十足的人物，穷时是个泼皮无赖，富时是个吝啬财主，他向灵派侯祈福时也讨价还价，借给他二十年富贵他还嫌少，要求再添一笔，凑三十年，这未富贵时就暴露出他得寸进尺、贪婪狡猾的本性。而等富贵了，则是张扬跋扈，生怕别人不知道他是财主，买子时还让人在文书上加写"财主"两字。而他却是个看钱的财主，不但对别人一毛不拔，对自己也是超级吝啬，他在买子时，使诈耍奸，硬用两贯钱就买了人家儿子，多出一文钱就像挑了他的筋，还让中间人陈德甫把钱高高举起，好像举高了，一贯钞就会增值。而他自己病重时，想吃块豆腐，也舍不得花太多银子，只要一文钱的，在儿子再三劝说下，才同意买十文钱的，豆腐买来后，知道人家欠了自己五文钱，则至死还念叨着那钱得要回来。最可笑的是他得病是异于常人的蹊跷，想吃鸭子舍不得买，用手狠狠摸了人家熟鸭子几把，沾了满手的鸭油回家，吃一碗饭吮一根指头，直吃了四碗饭，剩下一根手指头的鸭油要等到晚上下饭吃，没想到睡觉时，鸭油被狗儿舔吃了，他便气得逆噎不止，至此得病。而临终时嘱咐儿子用家里的马槽发送自己即可，不用花钱买棺材，马槽装不下，就用斧子把尸体剁成两截，还叮嘱儿子得借别人家的斧子，省得自己骨头硬，用自家斧子卷了刃，还得花几文钢钱。为了守住财产，贾仁连自己都不放过，这悭吝简直达到了常人无法想象的地步，读来让人捧腹。

但笑过之余，又有几分辛酸。贾仁固然可笑可鄙，但何尝不让人可怜？他是金钱下扭曲了的灵魂，一辈子做了金钱的奴隶，穷时是白天筑墙打坯，晚上借宿破窑，衣不蔽体，食不果腹，而得钱后则买宅开店，置下泼天似的富贵。这贵贱的强烈反差，使他的心理失衡，越有钱越怕失去钱，生怕再回到原来的贫穷饥饿状态，所以他拼命守住钱财，一分一毫也不想从手中脱离出去，哪怕是花在自己身上。一个人的心态扭曲到这种地步，何如一生贫贱，不曾得过富贵？

《看钱奴》详尽刻画出金钱腐蚀的灵魂，是一曲忧贫惧贱者的悲歌，而被金钱腐蚀的不只是贾仁一人，还有周荣祖的儿子贾长寿。长寿幼年时天真、乖巧，见父母卖他时，则哭着说死活要跟爹娘在一起。而贾仁与其老婆逼他说姓"贾"时，他说"我姓周，我爹也姓周""你做新衣服我也姓周"，幼童之刚烈、倔强，感人肺腑。然而二十年的富家生活，却是年岁长人情薄，金钱的腐蚀力在他身上表现得淋漓尽致。作为少爷的贾长寿到东岳庙上香，到庙里时要歇息，就把两个老叫花赶走，并拳脚相加，幼时的良知荡然无存。待知道所打的是自己亲生爹娘后，爹娘要告他，他又十分圆滑，懂得拿银子让父母息怒，以钱财换亲情，若父母还不依，便用钱去打通官府，年纪虽小，却精通官府的窍门，这实在比贾仁更胜一筹。虽然作者结尾处又极力掩盖长寿金钱腐蚀下的品性，说他乐善好施，并全听亲爹娘吩咐，安排了周家的合家团圆，但这欢喜的结局是何等勉强！亲生子打了爹娘，一箱银子便让父子和好如初，可在富贵里长大的贾长寿对叫花子父母的态度恐怕再也回不到的童年时的坚贞。这和好、团圆又掩盖了多少丑陋与凄凉！

而周荣祖是个懦弱无能的秀才，在他身上也有爱钱的影子，穷到卖儿子的地步，而想到卖了儿子能得不少钱，儿子也可在财主家享福，竟心里也有些欢喜。后来知道打自己的就是亲生儿子长寿时，气得要告官，而儿子搬了一箱银子出来，他便偃旗作罢，这饱读诗书的秀才也摆脱不了钱财的诱惑，父子情在金钱的掺杂下变得淡漠。

《看钱奴》是一部关于"钱"的喜剧，也是一部关于"钱"的悲剧，个个灵魂都在金钱的折射下现出其身的卑琐。可贵的是剧中还有不为钱财所动者，这就是仗义疏财的陈德甫和仁义心肠的店小二，他二人处于社会底层，却表现出正义、纯朴、乐善好施。作者有意讴歌他们，恐怕也是作者出于人性的理想。但故事以"善有善报，恶有恶报"等宿命论的因果报应串联起来并以此作结，虽是作者受当时社会推崇的宗教的影响，但也有其不足之处，用神灵之说固然可使情节顺利发展，但神灵若是真的公正，明知贾仁是个泼皮无赖，何以还要借给他富贵，让他为富不仁，也害了他这个穷汉本身？虽是如此，《看钱奴》仍是一部优秀的作品，用"孔方兄"折射出世间灵魂的丑陋与美好，刻画了穷者可以相互周济，富者却为富不仁的社会现实。

拜 月 记

宋金时候，连年战乱，金国朝政腐败，北部的蒙古国日益强大，为占领中原，蒙古军大举南下，打到了金国新城的边缘。金皇室受到威胁，在朝廷内部出现了两派，以武将陀满海牙为首的主战派力谏发兵抗敌，反对逃跑，陀满海牙还举荐自己的儿子陀满兴福领兵拒番。而以宠臣聂贾列为首的求和派则劝说皇帝早些投降，并借机诬陷陀满海牙早有谋反之心。内忧外患，国家命运处在危难之中。

这一天早朝，聂贾列出班奏道："敌兵已到榆关，离新城不过百里，对方来势凶猛，而我军兵少不精，难以抵挡，愿我王早日决定迁都一事，圣上南迁汴梁，国运方可太平，百姓亦免灾难，望圣上三思。"

皇帝正要定夺，陀满海牙从众臣中走出，奏道："陛下，君王乃万民

之首，今国有危难，大王要慎重抉择。我国并非没有精兵猛将，为臣的儿子陀满兴福武艺高强，我举荐他率三千忠孝兵御敌，定能打退番军，振我国威。"

聂贾列在一旁急得抓耳挠腮，于是编造谎言："陛下，那陀满兴福早有反叛之心，大王千万不可给他兵力，否则将如虎添翼，定会夺权篡位，皇上应早处置他们。"

昏庸的皇帝一向是听从佞臣聂贾列的话，不顾众臣反对，当即降旨，将陀满海牙推出斩首，说他有反叛之心，故意阻驾迁都，罪不容赦。陀满海牙的亲属不分良贱，也一律被处死，聂贾列为监斩官。

这样一来，奸臣又一次得逞，主战派无人敢再直谏朝廷。

陀满兴福正在家练兵，忽有人来报，说皇上听信了聂贾列谗言，诽谤丞相谋反，丞相已经被斩首。陀满兴福听了顿时觉得如五雷轰顶，他咬牙切齿地打算带三千精兵与聂贾列拼个你死我活，但又一想，国家处于危难，现在不是报私仇的时候，最终决定先逃难为好，从长计议。

聂贾列听说陀满兴福出逃，带兵拼命追杀，还命人画了他的画像，张贴出去，如有人见到举报，必有重赏。陀满兴福只好白天藏起来，晚上再赶路。这一日他又遇到追兵，慌忙逃跑，不料跑到一个死胡同，眼看追兵就要上来，情急中他发现前面那堵墙的墙根下有口井，他急中生智，把外面的衣服脱下来挂在井边的杆子上，然后翻身跳过墙去。追兵上来后发现井边的衣服，以为他走投无路跳井自尽了，便拿了衣服回去交差。

原来陀满兴福跳到了一个花园里，隔墙听着追兵走远了，正在暗自庆幸，忽然从花丛中走出一个书生，站到他面前问道："你是什么人？怎么跑到我家的花园里？"

陀满兴福很尴尬，又怕说话被外面的追兵听见，于是边作揖边小声说："先生息怒，小生不是坏人，我本良将之后，只因家父直谏朝廷而得罪了奸臣被陷害致死，皇上下令抄斩满门，小生仓皇逃至此处。现被先生撞见，你可以把我交给官府去领重赏，那就算我命该如此，如果先生放了我，日后定当报答。"

书生见他说话真诚，而且看他相貌堂堂，英气逼人，便产生同情之心，而且知其为良将之后，心中更有几分钦佩，便说："我也是读书人，对忠良之士素有敬慕之心，怎会把你交给官府呢？"于是书生把陀满兴福带到书房，并取出衣服给他穿上，说："在下蒋世隆，父母双亡，与妹妹相依为命，如果公子不嫌弃我出身贫寒，愿与公子结为兄弟，不知公子意下如何？"

陀满兴福闻言，倒地便拜："先生救命之恩，不知何时才能相报，又蒙先生屈尊结拜，实在是不敢当，但既然先生有意，我陀满兴福岂有不从之理？"

二人当下摆香案结拜为金兰之契，蒋世隆三十岁，陀满兴福二十八岁，所以蒋世隆为兄，陀满兴福为弟。两人结拜完后，蒋世隆道："外面风声紧，不敢久留贤弟，我为你备些衣物盘缠，你还是先上路到外地暂避一时吧。"陀满兴福当即叩谢，辞别义兄，逃出京城。

陀满兴福走后没几日，番兵便大举进攻，朝中无人能率兵阻挡。金国危在旦夕，皇帝立即迁都汴梁。消息一传开，京城里乱成一团，人喊马嘶，乱兵强盗横行，百姓纷纷逃难。蒋世隆见形势不好，也收拾些细软，带着妹妹瑞莲加入到了逃难的队伍中。

金国的兵部尚书王镇，夫人张氏，有一女名叫瑞兰，知书达理，端庄温柔，举世无双，是王镇的掌上明珠。异族入侵，兵荒马乱，王镇突然接到圣旨，命他即刻带宝物去番邦求和。王镇不敢怠慢，但一再嘱咐夫人，一定保重身体，注意安全，照顾好瑞兰。可王镇走后不久，京城里就变得更加混乱，番兵所到之处，烧杀抢掠，张氏和女儿瑞兰无奈也混入了南逃的人流中。

天公也作乱，下起了大雨，道路泥泞不堪。荒野里，黑暗中，在这兵荒马乱之际，寒风冷雨侵袭，到处都是逃难的百姓。王瑞兰和母亲也在泥泞中挣扎，瑞兰平日养在闺阁中，哪经得起这般折腾，她又累又怕。就在这时，一路兵马叫喊着从人流中冲过，人们在慌乱中躲闪逃避。兵马过后，瑞兰不见了母亲，惊恐万分，忽然听见有人喊"瑞莲、瑞莲"，她以为是母亲在喊自己，便顺着喊声找去，却撞着一个书生。蒋世隆听到应声，也惊喜地奔过来，不觉惊诧万分。原来蒋世隆和妹妹瑞莲也在刚才的那一刻走散了，他正在焦急地寻找妹妹，却见答应的是另一个大家闺秀模样的美丽女子。

"你为什么喊我的名字？"瑞兰生气地问。

"我在喊我的妹妹瑞莲，你怎么答应了？"蒋世隆说道。两人一问一答，便都明白是因名字类似产生了误会。

蒋世隆说道："原来我们都是在寻找走失的亲人，那么姑娘请多保重，我告辞了！"说完刚要走，却听瑞兰说："相公请等一下，我找不到我的母亲了，一个人在这荒郊野外，孤苦无着，就让我跟着你一起走吧。"蒋世隆很同情眼前这位姑娘，看她楚楚动人、柔弱妩媚的样子，心中也很喜欢，但带上她觉得不妥，于是说道："姑娘，我的妹妹还未找到，再说男女有别，我们在一起会有许多不便。"瑞兰此时也顾不得大家闺秀的身份了，她又急又怕，现在好不容易才抓住一根救命稻草，怎肯放弃？于是她对蒋世隆说："看相公也像个读书人，怎么连点恻隐之心都没有呢？"

"只是我们素昧平生，男女同行，如遇盘问，该如何说呢？"

"就说是兄妹。"

"可你我长相不同，说话的口音也不很相同，人家不会信。"

"那就说是夫妻。"说完瑞兰不觉羞红了脸，她也实在没有别的办法了。而蒋世隆也就只好带着她一同前行，心中不禁暗暗钦佩瑞兰的胆识。

再说蒋瑞莲与哥哥失散后，也是焦急万分，她一个人在黑暗中随着逃难的人走了很远，也见不到哥哥，忽听有人喊名字，赶忙应声找过去，却发现是一个老夫人。老夫人听见应声，黑暗中没看清相貌，还以为是自己的女儿瑞兰，上前一把抱住便哭："女儿，瑞兰，可急坏娘了……"瑞莲这才明白过来，原来她的女儿叫瑞兰，与自己名字相近。她扶住老夫人说："夫人，你认错人了，我不是你的女儿，我

叫瑞莲。我也是刚才与哥哥走散了，听到你的喊声，还以为是哥哥在叫我，就走了过来。"

张氏见不是自己的女儿，心中不免有些失落，但见眼前这姑娘温柔贤淑，端庄善良，便说："这兵荒马乱的，走散了很难找到呀。不如你我就以母女相称，结伴而行，一起寻找亲人吧，这样路上也好有个照应。"瑞莲欣然答应了，于是这对"母女"又很快消失在人流中。

再说陀满兴福与蒋世隆辞别后，一路向西南方向逃去。在途中，经过虎头山时，被几个从树林中窜出的汉子拦住去路，但陀满兴福乃武将之后，平日里习得精

良武功，准备报效国家，这几个山喽啰根本不是他的对手，他三拳两脚就把他们打倒在地，几个人佩服陀满兴福的武功，便一齐跪地拜道："壮士，我等在这虎头山上虽有五百兄弟，却还没有合适的人做头领，今见壮士武艺高强，威风凛凛，请接受我们的拥护，做我们的首领吧，五百兄弟定会言听计从。"

陀满兴福当然不愿意落草为寇，但又一想：现如今自己只是一名逃犯，这样四处漂泊，自身难保，何谈报效国家？不如隐姓埋名，先在此安身。于是陀满兴福便在这虎头山上坐了第一把交椅，当了山大王。

说来也巧，这日蒋世隆和瑞兰一路同行，并焦急地打听着亲人的消息。他们只顾往前走，却来到了一坐荒山前，刚到山脚下，就被一伙人拦住索要买路钱，蒋世隆气愤地说："国家处于危难之中，你们还来欺负百姓，简直是苍天无眼呀！"但几个喽啰哪里会听他的诉苦，上去便把他们绑了，带到山上去见大王。而这山大王就是陀满兴福，他看是一个秀才和一个姑娘，便问："你们是什么人，来这里做什么？"

蒋世隆道："在下蒋世隆，与娘子从新城逃难至此，不晓为何被绑？"陀满兴福一听此言，连忙从座椅上走下来，仔细一看，不禁又惊又喜，原来真是义兄蒋世隆。他亲手给他们松了绑，然后跪地拜道："小弟兴福不知兄长到此，多有得罪，请受小弟一拜。"蒋世隆一看是自己的结义兄弟陀满兴福，也大喜过望，一颗悬着的心也放了下来。他又把瑞兰拉过来说："这是你的嫂嫂王瑞兰。"兴福见义兄娶得如此娇媚佳丽，更是高兴，便吩咐兄弟们给安排酒饭和住处。

一提到安排住处，蒋世隆和王瑞兰心里都有些不安，因为他们做的是假夫妻，又没法和别人讲清楚，再加上蒋世隆寻妹心切，急着要走，就谢绝陀满兴福。兴福也不便强留，就让手下兄弟给他二人准备些盘缠，送他们下山去了。

又过了一些日子，入侵的番将听说金国已派大臣送去了金银珠宝求和，就停止烧杀，挥师回国，去向番主复命了。金国的皇帝见番兵撤离，就像缩了头的乌龟一样又露出头来，下令銮驾回新城并大赦大卜，混乱一时的局面又得以重新安定。

蒋世隆和王瑞兰打听到战乱平息，天下太平，也稍感一些舒畅。这一日他俩来到一家招商客栈，前临大道，后毗山泉，门外杨柳飘动枝条，院内鱼儿嬉戏。世隆见此处干净舒适，就对瑞兰说："你我二人奔波这么多天，现在终于可以稍稍放松心情了，今天天色已晚，不如我们就先住在这里吧。"

瑞兰点头答应。二人进到店里，店家端上酒菜，瑞兰平日并不会喝酒，今日她却主动斟了两杯，举杯对蒋世隆说："这一路上承蒙相公照顾，瑞兰才得以平安脱险，我敬相公一杯，以表小女谢意。"

蒋世隆和瑞兰一路饱受艰辛，在困境中互相扶持，彼此间也不免产生了相依的情感。见瑞兰如此坦诚和体贴，世隆忍不住多喝了几杯酒，他呆呆地望着瑞兰，眼中流露出无尽的温柔和爱慕。瑞兰被看得不好意思，就低下头，脸上泛起红晕，更显得娇媚动人、丰姿俏丽。

于是世隆吩咐酒保安排一间客房，铺好一张床。酒保刚要去准备，瑞兰拦住道："店家，我们要两间房，铺两张床。"酒保不知所措，去看蒋世隆，世隆冲酒保一挥手说："就一间客房，铺一张床。"瑞兰又道："要两间客房，铺两张床。"酒保见他二人争执不下，就在中间打圆场说："这样吧，今天就听我的，要一间房，铺两张床。"瑞兰没有办法，只好依着世隆跟着店家走到客房。

进了客房，世隆乘着酒兴，说出了久藏于心的话。

"娘子还记得你我最初结伴而行时说的话吗？"

"我说过我们之间以兄妹相称。"

"不对，你求我带着你逃难，你亲口说我们以夫妻相称。"

"我是这么说过，可我本是名门之女，相公一路上对我照顾得很是周到。等回家见了父母，我一定禀明父亲，好好报答你，而婚嫁之事，也只有明媒正娶，父母才会答应的。"瑞兰其实也早已喜欢上这个清秀俊雅的书生，但拘于礼法和少女的羞涩，她不能自许婚姻。

"你倒提醒了我，我们结伴这么久，我还没问姑娘是哪家千金呢？"

"我父亲是当朝的兵部尚书王镇，母亲是太国夫人，我是王家唯一的女儿。"

"原来小姐是尚书之女，小生多有得罪。不过你我既然在危难之中相遇，一起绝路逢生，也是前生有缘。如果你回了家中，恐怕我们再见面就难了！"

"相公请放心，瑞兰绝不是忘恩负义之人，你对我危途相护，有再生之恩，我定当结草衔环，终生报答。"瑞兰怕世隆把她当成忘恩负义之人，有些不安地慌忙解释。

"我与娘子这一路走来，就连个三岁的孩子看了，也会说我们是一对夫妻，我不明白娘子为何如此固执，莫非是嫌我蒋世隆出身贫寒，配不上你？"

"相公休想得太多，瑞兰只是想禀明了父母，再明媒正娶，也成全了瑞兰的节操！"

世隆见瑞兰还在坚持明媒正娶和保全节操，便生气地说："好个成全你的节操！看来你是觉得与我蒋世隆成亲有辱你的节操了，当初在虎头山上，如果没有我蒋世隆，你哪里去谈什么保节操，恐怕早在山中受辱了！"

这时店家夫妇在外面听到他们的争吵，也似乎明白了几分，便借口送灯盏，进来看望，并好意说合："秀才，休要急躁，小姐乃官宦之女，依礼节行事是对的。"店家是个厚道人，也早有成人之美的意思，对瑞兰说："小姐，既然你与公子两厢情愿，又何必非在乎明媒正娶之说呢？如果你不嫌我们夫妇贫贱，今晚我们就以长辈身份来主婚，为你二人做证结为百年之好，如何？"

瑞兰被店家说得只好羞答答地默允了，便由着他们安排了简单的婚礼，蒋王二人就由假夫妻做成了真夫妻。两个人恩爱甜蜜，指天盟誓，要相伴终生。

第二天，两人本打算继续赶路，可到了早上，蒋世隆因连日劳苦，又受些风寒，病倒了。他们只好在这家店里住下来，瑞兰日夜守侯，精心照料。

兵部尚书王镇番邦议和成功之后，又率人马赶回汴梁向皇帝复命，一路人马经过广阳镇，天色暗下来，王镇便让随从去前边寻访客栈。不一会儿，有人回报："前方有一家招商客栈。"于是他吩咐左右到前面客店停下歇息，明日再继续赶路。

"店家，给安排两间上好的客房，给马匹加料。"仆人六儿进门喊道。

瑞兰此时正在房中给世隆煎药，听喊声如此熟悉，不禁一惊："六儿！"

六儿也听到了，于是自语道："谁叫六儿，莫非是我家小姐？"正在怀疑，瑞兰已从屋内走了出来，六儿惊喜万分，连忙冲外面喊道："老爷，小姐在这儿！"父女不期而遇，王镇心疼地搂住女儿，不禁落下老泪。

过了好一会儿，王镇像是想起来什么似的，问："兰儿，你母亲呢？"

"我与母亲在逃难途中走散了，现在还未找到。"

"那你一个人，是怎么到这里来的？"王镇心疼地问。

"女儿不是一个人，女儿与一个秀才同行至此。"瑞兰又羞又喜地把如何与蒋世隆相遇，又如何在虎头山脱险，又怎样假扮夫妻随行至此，由店家夫妇主持婚礼正式结为夫妻的经过，一一向父亲讲述了一遍。

王镇一听女儿已经与一个白衣秀才私订终身，并生米做成熟饭，不由得非常生气，说："一个女儿家私订终身，成何体统！马上离开这里，与我一起回家！"说着便让六儿拉着小姐上车，瑞兰哪里肯走？她又怎么舍得正在病中的相公蒋世隆？她恳求父亲道："父亲，女儿嫁的是一个清白正直的人，他在危难中帮助女儿，是女儿的大恩人，女儿不能在他需要照顾的时候离去，您让女儿留下来吧！"

王镇是越听越生气，说："我兵部尚书的女儿与一个穷秀才私订终身，还是一个生病的秀才，这话传出去，你让我的脸往哪搁？不行，一定要马上离开！"说完，命人把小姐拉上了车。瑞兰回头哭喊着夫君的名字，心头如刀割一般难受。但父命难违，她心中对世隆无限的情意只能化成悲伤的泪水。蒋世隆也早已听到了外面的谈话，他一心想挣扎着起来向尚书求情，可实在是浑身疼痛，动弹不得，他万般无奈，心如刀绞，柔肠寸断。

王夫人与蒋瑞莲也是一路艰辛，困苦不堪。她们都寻不到各自的亲人，还遇到了强盗，抢走了她们的盘缠，她俩只能一路沿街乞讨。这一日，母女二人来到黄河岸边的孟津驿站，这驿站本来只允许过往的官吏暂时停留歇息，但驿官见她俩实在可怜，又一个劲儿地说好话，就留下她们母女暂住一夜，睡在偏房里。

王镇带着瑞兰一路直奔汴梁，也经过这家驿站，进来歇脚。驿官连忙接待，分别休息了。尚书劳累了一天，很快就睡了，瑞兰思念着病中的蒋世隆，辗转难眠，一阵一阵地抽泣。张氏和瑞莲在偏房中也是无限地思念亲人，这漂泊不定、凄凉困苦的生活令她们身心疲惫，两人在房中不由得抱头痛哭。

不料王镇被这哭声惊醒了，他叫来驿官问偏房中住的是何人，驿官知道驿站不许留外人住宿，明白自己闯了祸，连忙跪下求饶道："是一对孤苦的母女来寻宿，在下可怜她们，就同意她们住在了偏房。"王镇听了却没有怪罪他，而是让驿官去把那母女叫来。王夫人扶着蒋瑞莲，步履蹒跚地走过来，却发现面前的人竟是自己相伴二十年的夫君！她扑上去又是抱头大哭，瑞兰听见哭声，也跑出来扑到母亲怀里，一家人好不容易又团聚了，真是几多辛酸，几多悲痛呀！

王夫人向他们讲述了与瑞兰走散后又结识瑞莲，而且相伴至今的经过，说到辛酸处一阵阵地泪流满面。王夫人问瑞兰："你是怎么遇上你父亲的？"这一句问得王瑞兰满腹委屈，眼泪唰唰直流，却只说出："女儿是在招商客店中遇到父亲的……"就被一旁的王镇打断："来日方长，今日太晚了，我看大家还是都歇息吧，明天还要赶路呢！"张氏也不好再继续问，但她发现女儿心中肯定有事。就这样王尚书一家人倒是团聚了，只是蒋瑞莲见别人与亲人相聚，更是想念自己的哥哥，不过她此刻没找到哥哥，却多了个姐姐，心里也多少轻快一些。

他们一行人跟随王镇到汴梁办完事，不久就回到家中。蒋瑞莲活泼乖巧，王尚书夫妇都很喜欢她，就把她收为义女，两姐妹也很快成了知心的朋友。

王瑞兰被父亲强行带走后，蒋世隆的心情更糟了，加上病得厉害，过了有一个多月才渐渐好起来，多亏店家照顾周到，还常常开导他，要他放宽心。

一日，蒋世隆正独自在房中思念妻子，忽然进来一个人，他一看，差点高兴地喊出来，原来是义弟陀满兴福，他二人紧紧抱住。

兴福问："兄长怎么还在这里，嫂嫂呢？"

蒋世隆说："唉，说来话长，我们到这里后，我不幸得了一场重病，娘子……娘子也被他的父亲抢走了。"

兴福一听大怒，道："她父亲是谁？为何不同意你们的婚事？"

蒋世隆挥手道："她的父亲嫌我贫寒，我真是万般无奈呀！"

兴福劝道："哥哥不必太伤心，一定要振作起来。自从京师失守，皇上迁都汴梁，一路上见到百姓的遭遇，后悔听了聂贾列的话，今已将他罢免，而且恢复了家父的名声，我也不用再躲藏偷生了，现在圣上宣召天下文武贤良应考，你我不如一同前往京城应试，还可以探听嫂嫂的下落。"

世隆也很赞同他的话，于是二人当下收拾行囊，赶赴汴梁。

瑞兰和瑞莲两姐妹相伴相依，在一起相处得很好，只是瑞莲发现姐姐好像有心事，经常一个人无故落泪。她愁眉不展，吃不下，睡不好，几个月来，身体消瘦了许多。

正值晚春时节，百花盛开，天气怡人。一日，夜色渐深时候，明月高挂，姐妹二人在花园中散步，闲庭静雅，池水清漾，各种花的香气阵阵袭来，闲游其中真是很美的享受。可瑞兰仍然闷闷不乐，于是瑞莲牵过姐姐的手，温柔地问："姐姐，你看这么好的景色，这么香的花气，这么美的月亮，你怎么还总是不高兴呢？姐姐愿意与瑞莲讲心事吗？"

瑞兰望着可爱的妹妹，话到嘴边又咽下："没有不高兴，姐姐只是有些疲倦，天天有你这样的好妹妹陪着，我怎么会不开心呢？"

"其实你在父母面前的笑颜都是故意装出来的，你每日长吁短叹，心里一定有事，该不会是想让父亲给你找个如意郎君吧？""你这死丫头，这种话你也瞎说。"瑞兰假装生气地追打妹妹。瑞莲忽又想出一个鬼点子，便说："姐姐，你先等我，我刚才忘了收拾针线剪子，要被母亲看见，又要骂我了，我先回去收拾一下，马上就来。"说完偷偷溜到了花园的小亭子下面藏起来。

瑞兰刚才被妹妹的玩笑逗得心情放松了许多，现在花园静悄悄，只有她一个人，她便对着月亮，喃喃自语："月亮神仙，我与蒋郎分别已有三个多月，不知他现在病好了没有，神仙你能不能告诉我，我何时才能与他再见面？"她点上香，向月亮拜了三拜，又说："愿月儿保佑我的夫君早日康复，保他早日金榜题名，保我夫妻早日团圆。"刚说到这里，瑞莲从后面悄悄走了过来，俏皮地抱住姐姐说："我说姐姐有心事，你还不承认，走，我非去告诉爹娘不可！"

瑞兰赶忙求道："千万不可告诉爹娘，他们会生气的。"

"那姐姐告诉我，你心里想的到底是哪家多情的公子呀？"

"他姓蒋，叫蒋世隆，是我在逃难时与母亲走散后认识的。"瑞兰索性告诉了妹妹，她心里闷了很久，也很想找人谈谈了。

蒋瑞莲一听姐姐说出的竟是自己哥哥的名字，心中又惊又喜，但她继续问瑞兰："你说的是个什么样的人？你在哪认识他的？"瑞兰便把与世隆一路上的遭遇一股脑儿都讲了出来，不料瑞莲却"哇"的一声扑到姐姐怀里哭了。

瑞兰赶忙问："妹妹怎么了？"

"姐姐，那蒋世隆便是我的亲哥哥！"

瑞兰听了，万分激动，她紧紧拉住妹妹的手，只觉得此时与妹妹更亲密了。瑞莲把头靠在瑞兰的肩上，撒娇地说："你不早说，谁知道你原来就是我的嫂嫂呀!"姑嫂二人跪在地上,对着月亮祈祷,一个为哥哥,一个为丈夫,但她们的心里除了牵挂,又多了一分甜蜜。

从此,二人便在背地里以姑嫂相称,更加亲密无间。

再说陀满兴福和蒋世隆双双考中,分别得了文武状元,皇帝很高兴,又听说王尚书家有两个女儿貌似天仙,温柔识礼,便下旨让王镇招这两个新科状元为婿。王镇领了旨高兴地回到家,宣布了这件事,不料瑞兰却伤心地说:"父亲又不是不知道女儿已嫁过人了,哪有有夫之妇还要再嫁的,太没道理了!"

王夫人一听,大惊失色:"什么?你什么时候嫁过人了?女儿家休要乱说话!"

瑞兰却"扑通"一声跪到母亲面前,哭诉说:"母亲,当初女儿在逃难中与你走散,是一个秀才救了我,一路帮助我渡过了好多艰险。女儿对他甚是感激,曾以身相许,并在招商客店中由店家夫妇主持了成婚之礼,只因父亲一意孤行,拆散了我们。可女儿如果再嫁他人,便有不贞之嫌,女儿愿等候蒋郎,永不再嫁,望母亲成全。"

王镇气得一拍桌子,大喊:"胡闹!皇上的圣旨你也敢违抗吗?"

瑞莲见爹爹生气,上前道:"爹爹不要生气,女儿也有话要说。"瑞莲见大家都在看着她,便接着说道:"女儿自幼父母双亡,与兄长相依为命,在逃难途中与兄长走散,至今不知哥哥下落,女儿想等找到哥哥之后,再定终身大事也不迟,望爹爹成全。"

王镇一听,两个女儿原来到这关键时候这么气他,便说:"这件事必须听我的,谁也不许胡来!"于是便叫媒婆去说媒。

谁知媒婆回来却说,武状元答应了,文状元却称已经成婚,但被老丈人拆散了,他要去找自己原来的妻子。

王镇实在没有办法,但他更加想见一见这个文状元,于是让媒婆传话:"不答应婚事,不得勉强,只是老夫一片爱才之心,想请文武状元到家一叙,老夫略备薄酒,以表心意。"

次日,陀满兴福和蒋世隆果然赴约,王尚书请张都督作陪。张都督故意问蒋世隆为何不接受皇上的赐婚,蒋世隆便把自己与瑞兰相识、相知并在招商客店成婚的经过讲了一遍。只听得王尚书脸上红一阵,白一阵，很是尴尬。但他如今能得此佳婿，也就不在乎以前做的丑事了，只是频频向两位状元敬酒，他心里早已清楚了这文状元正是当时与女儿成婚的那个"穷秀才"。

说话间，瑞莲从帘后跑出来，冲世隆喊一声："哥哥！"这一声喊得蒋世隆如堕五里雾中，他万万没想到妹妹就在此处。瑞莲还俏皮地说："我的嫂嫂也在这儿！"不一会儿，瑞兰也走出来，两人相视良久，真是百种辛酸，万种柔情，都化作眼中涟涟泪水。

老尚书当然是乐得合不拢嘴了，立即吩咐下人，为两位小姐重新梳妆，整个庭院里张灯结彩，即日便为两对新人完婚。

至此，破镜重圆，郎才女貌，满朝文武同贺。

【赏析】

施惠，字君美，生平不详。钟嗣成《录鬼簿》上记载："字君美，杭州人，居吴山城隍庙前，以坐贾为业。公巨目美髯，好谈笑……多有高论，诗酒以暇，惟以填词和曲为事。"但未曾提他写过《拜月记》。关于《拜月记》作者问题，历来学者们纷说不一。清张大夏在《寒山堂曲谱》的《拜月亭》条说："吴门医隐，施惠字君美著。"肯定作者是元人施惠；而王国维考证，"此本第五折中，有双手劈开生死路"一句，此乃太祖微行时为阍者题春联语，断定作者是元末明初人。所以《拜月记》是否施惠所作，至今仍是谜。

《拜月记》是根据关汉卿的杂剧《闺怨佳人拜月亭》改编的，它继承了南戏传统，并吸收了戏剧的成就，又在不断演出过程中得到加工和提升。元代南戏以《荆钗记》《白兔记》《拜月记》《杀狗记》并称为"四大南戏"，尤以《拜月记》为最佳。

《拜月记》主要描写了战乱中白衣书生蒋世隆与官宦小姐王瑞兰的爱情故事。宋金时候，金国朝政日益腐败，北部蒙古国逐渐壮大，大举进兵南下，战火烧到金国都城边缘。主战派大臣陀满海牙被奸贼聂贾列诬为叛逆，皇帝昏庸，听信谗言，将陀满一家三百余口尽皆处死，只有陀满海牙的儿子陀满兴福一人逃脱。兴福被官兵追杀，逃到蒋世隆家，蒋世隆敬仰忠臣，怜惜英才，遂与陀满兴福结为兄弟，并赠送银两衣物助其逃命。后蒙古军围攻，情势危急，皇帝弃城迁都，城中大乱，百姓纷纷出逃。蒋世隆携妹妹瑞莲加入逃难队伍。兵部尚书王镇奉命与蒙古军求和，他离京后，夫人张氏和女儿瑞兰也离家逃难。途中蒋氏兄妹和王家母女各自失散，因瑞兰、瑞莲名字相似，瑞兰应呼声来到蒋世隆身边，后与之结伴同行；而瑞莲恰恰走到张氏身边，与张氏结为"母女"。蒋世隆带着王瑞兰，一路寻找妹妹未果，来到一座荒山，被几个喽啰绑上山去，二人正担心凶多吉少之时，没想到山大王竟是陀满兴福。陀满兴福自离了蒋家后，一路躲避隐藏，来到这虎头山下，无奈落草为寇，做了山大王。陀满兴福见兄长到了，赶快松绑，并赠盘缠送他们下山。而蒋、王二人一路坎坷，经历许多波折磨难，渐渐互生爱慕之情，两人在一家招商客栈里由店主夫妇做媒主婚，成就了夫妻。蒋世隆因劳累过度病倒，王瑞兰悉心照料。后来王镇到蒙古国求和成功，金国恢复太平，王镇带兵路过招商客店，与女儿瑞兰重逢，得知女儿私自嫁了个穷书生，他非常恼火，强行把瑞兰带走。王镇父女继续前行，在一家驿站，又遇到张氏和瑞莲，王氏一家得以团圆，王氏夫妇并把瑞莲认作义女。而瑞兰回到家中，心里仍难以放心夫君蒋世隆，在花园里向明月祷告，被瑞莲发现。瑞兰说出心事，两人这才发现原来对方竟是自己的嫂嫂和小姑，于是更加亲密。经此一难，皇帝明白过来，将奸臣聂贾列处死，并恢复了陀满一家的忠臣声誉。蒋世隆自瑞兰走后，十分悲痛，病情加重，几个月后才痊愈，他与陀满兴福双双考中文武状元。皇上听说王镇家有两个美貌女儿，便让王镇召文武状元为婿，但瑞兰只惦念着蒋世隆，宁死不从；蒋世隆也想着瑞兰，不肯再娶。王镇无奈，先把文武状元请到家中宴席相待，瑞莲发现哥哥，这才兄妹相认，夫妻团圆。

《拜月记》在情节安排上十分巧妙，展开两条线索：一是蒙古军入侵，引起金国上下慌乱，战乱陡起；二是蒋世隆与王瑞兰悲欢离合的爱情婚姻。前者作为后者的背景，展现了兵荒马乱的特定社会现实，后者则是全剧的主线，并贯穿始终。作者用"兰""莲"音同韵近，来了个阴差阳错，让蒋、王二人在战乱中相遇，他们的爱情冲出了"才子佳人一见钟情"的俗套，没有浪漫主义的风流，而是在离乱变动中，相互扶持，患难与共，才逐渐建立起真正情感。经过重重的波折磨难，这种感情才最深沉、最牢靠，即使后来王瑞兰被父亲强行带回"珠围翠绕，锦衣玉食"的家中，她仍念念不忘病中的蒋世隆，并在皇上下旨召文武状元为婿时，她也坚决不从。而蒋世隆也不贪慕荣华，他娶瑞兰为妻，只看重她的人品，而不是她的小姐身份，所以考中状元后，也坚决不肯再娶，这种感情在积弊重重的封建社会里显得十分难能可贵，非比寻常。王瑞兰作为一个大家小姐，已抛开了门第观念，而执着于一份真正的情感，这反映了一种新的情爱观念，也呼唤了人性的觉醒。

在历史变动的大环境下，一对青年男女相遇，一个是穷困书生，一个官家小姐，然而迫于生存的需要，他们相携相伴，各自的身份地位都不再重要，剩下的只有患难与共、生死相依，这场人间正当的生活追求、情感追求与扼制这种追求的势力的尖锐冲突，放在战乱的大变革下展现，更具强大的冲击力，任何门第观念、贵族思想都不能把这患难中的真情怎么样。

但《拜月记》在讴歌了青年男女追求爱情自由的同时，在结尾处又落了俗套，又是考中状元才点成花烛。若蒋世隆难以登第，那王镇恐怕不会把女儿嫁给他，作者在前面处处鞭笞封建思想和社会的黑暗，但在最终仍倒向封建势力那边去，他没有勇气彻底绝裂，仍用"中状元"完成大团圆结局。而这喜剧使蒋王的爱情淹没在一片"珠光宝气"的迷雾中，失去了先前在战乱中焕发出来的光彩。

另外，故事对男女次主角陀满兴福与蒋瑞莲的描写叙述繁简不当，以及对他们的婚事也写得过于简略。陀满兴福一家三百余口都被昏庸皇帝杀死，最后把罪责都推到奸臣聂贾列身上似乎有些说不过去。而陀满兴福身上只有忠，没有孝，任凭皇帝怎样迫害他，他也是个只知道忠君的行尸走肉，三百口人命的血债他都可以忽略不计，最后竟又考取了状元，继续保卫那昏庸无道的皇帝，忠君思想已经泯灭了他的人伦，用流成河的鲜血换来一个"忠义"之名，实在让人觉得悲哀。即使囿于那个时代，作者不可能完全摆脱忠君思想，把文人武人的最终出路都归于报效朝廷，但在后段处理陀满兴福中武状元一事上，写得太过于简略，完全忽略了他的个人情感，实在是个败笔。把一场悲剧化成喜剧，这说明作者仍是个封建文人，不管他怎么在剧作中打出反封建的旗号，最终他还是回到封建王朝的正轨上去，这是不得志的文人的自我觉醒与自我挣扎。

玉　簪　记

　　北宋末年，金兵南侵，河北、山东一带长年战火不断。这一年，金兵又大举南下，一路攻城略地，烧杀抢夺，无数的饥民百姓纷纷四散逃难。

　　在这逃难的人流中，有一对陈氏母女。这母女本是官宦人家的夫人小姐，陈老爷曾做过开封府尹，只是去世得早，留下这孤儿寡母相依为命。陈老爷生前与同为京官的潘凤交情甚厚，当年两家的夫人都怀有身孕，陈潘二人就指腹为婚，并以玉簪作为媒证。后来陈家生下一女唤作娇莲，潘家生下一男取名必正。正好一男一女，亲家得以做成，两家都非常高兴，约好等儿女长大后，就让他们完婚。再后来，陈、潘两人都因为官清正，得罪权贵，双双被排挤出官场。两人愤然离京，各自告老还乡。一个回了故乡潭州，一个返回河南原籍。起初两家还互通消息，待陈老爷去世后，音信也就慢慢断了。

　　转眼十六年过去了，陈家女儿娇莲已长成一个美丽少女，出落得花容月貌，娉娉窈窕，宛如一朵出水芙蓉。陈母钱氏见女儿长大，每每为她的婚事操心，不知道该如何与亲家通上消息，也不知道当年的约定还算不算数。

　　再说金兵南下，眼看就要攻破潭州，陈夫人顾不得许多，慌忙带女儿离家逃命。母女俩平日在深宅大院里待惯了，不曾出过门，哪里受过这颠沛流离的苦楚？她们随着人流一路往南走，没几天就变得狼狈不堪。这一日，正在路上走着，突然过来一伙金兵，骑马挥鞭冲进了逃难队伍，他们见财就抢，见人就踏，可怜这群难民，被踩踏得哭爹喊娘，惨不忍睹。陈氏母女虽然侥幸躲过了马蹄，但却被人马冲散了。等金兵过去后，陈夫人不见了女儿，急得直哭，嗓子都喊哑了，也没见到娇莲的身影。而娇莲不见了母亲，更是又慌又怕，这时人们又集结成群向前走，她则顺着队伍向后找，找到最后，也没找到母亲，便被落在了后头。眼看天快黑了，娇莲累得实在走不动了，就靠在一棵树上休息，她心里担忧母亲，又想想自己无着无落，一个弱女子不知道该到哪里去，不由得哭起来，这一哭就直哭了一夜。

第二天早上，有个乡村少妇从这里路过，看见一个年轻姑娘在路边哭泣，便上前来询问。娇莲见来人面善，也就把自己的情况一五一十地告诉了她。这少妇叫张二娘，为人和善，经常扶贫济弱，她看娇莲可怜，便有意帮她一把，本想让她到自己家中暂住些日子，但又想到家里有丈夫、儿子，还有公婆，娇莲一个姑娘家，去了多有不便。于是张二娘就把娇莲领到附近的一个女贞观，让她在那里暂时落脚。娇莲也别无他法，就拜了观主为师，在女贞观里出家做了道姑。

再说这女贞观主，年近五十，却是风雅不俗，也曾是官家的小姐，只因常年多病，才出家为道，从此修心养性，断了红尘。观主见娇莲乖巧，就很喜欢她，于是给她取法名为妙常，收为门下弟子。加上娇莲聪明伶俐，什么事都一点就通，观主就渐渐待她与别的弟子不同。

转眼又过了半年，妙常已习惯了每天听师父讲经布道，虽然有时也思念母亲，但观里清净，她倒也能安下心来。只是正值青春妙龄，与几个师姐在一起，有时也不免生出思凡之心，但她还能谨遵观中清规，除了山下的张二娘偶尔来看她外，她从不与外人来往。

而娇莲的母亲陈夫人此时已在亲家潘凤家落了脚，原来当时母女俩分散之际，陈夫人焦急万分，一边呼喊着女儿娇莲的名字，一边跟着队伍向前找，这母女俩一个往前，一个向后，自然是互相找不着。后来陈夫人又随着人群不知走了多少日子，一路上走走停停，受尽了苦难。这一天她来到了河南的一个州县，听到人说到此地的名称，就想起潘家的故乡就是这里，她想自己无处安身，不如先到潘家去看看情况，于是她又多方打听问路，终于找到了潘府，见到了潘氏夫妇。两家本来交情深厚，又曾结为亲家，虽然多年不见，但见了面仍是格外亲热。陈夫人向潘氏夫妇哭诉了自己的遭遇，说到与女儿娇莲失散之时更是大哭不止。潘夫人见陈夫人思女悲伤，不由得也落下泪来。她一面是担心未来的儿媳，一面更是惦念自己的儿子必正。原来这一带没有受到战乱骚扰，两个月前潘凤就打发必正进京赶考，结果去了多日，也没有给家里捎封书信，夫妻俩不免为儿子担心。这潘、陈两家的一儿、一女都与家人失去联系，双方亲家只好互相安慰劝解，陈夫人也就在潘家住了下来。

再说那潘必正自小聆听父亲教导，苦读诗书，本想在这次科考中考个头名，没想到考试期间突然生病，落得个名落孙山。他又羞又愧，觉得对不起父母，自己在京城停留数日，不敢回家，后来想通了，准备来年再考，但又怕父母在亲友面前抬不起头来，所以他又在回家途中停下来，想起自己有个姑母在附近的女贞观里出家，就想到姑母那儿住些日子，也好温习诗书，明年再到京城考试，等考中了再回去见二老。于是他心里思量着，便向女贞观走来。

原来女贞观的观主，俗家姓潘，正是潘必正的姑母。而那妙常此时正在观中修行，虽然她恪守清规，但因其玉貌仙姿，不免惹来好色之徒的垂涎。前些日子，该地的新任知府张于湖，途经女贞观，到观中歇息。观主见他温文尔雅，谈吐不俗，便让人给他安排了厢房。张于湖假称自己是游学的相公，观赏女贞观附近的幽美风景。他年近四十，虽不是轻薄的人，但却很会欣赏女人，他见观主已是半老佳人，却仍是风姿玉立，韵味无穷，不由得暗地里品头论足。后又偶见妙常，那飘逸俊秀、月貌花容更是把个张于湖看得目瞪口呆，惊为天人。张于湖三魂失去了七魄，禁不住对妙常动了情思，几次三番接近妙常，用言语挑逗，都被妙常正言厉色地挡了回去。他并不甘心，还想找机会打动妙常。一次，他去妙常房中，见到房里有棋枰，想借下棋征服她，结果被妙常连赢两局，后又在妙常扇子上题情诗一首，被妙常叱作轻狂，把扇子撕掉。那张于湖见千方百计不能打动妙常的心，反在美人面前出丑，羞愧万分，就急匆匆地离开女贞观，到任上做他的知府去了。

没想到张于湖刚走，又来个王公子，是当地有名的混世魔王、浪荡公子。他一次路过女贞观，偶然看到妙常美貌，便垂涎三尺，让附近凝春庵里的王师姑前来说媒。这王师姑虽也是个出家人，但却极不正经，常常与和尚鬼混。她拿了王公子的银子，便来到妙常面前花言巧语，以男女之情引诱妙常，而妙常知道王师姑不守清规，想她说的什么王公子肯定也不是什么好人，就以出家人为由当面拒绝了她，并严词警告她不要再来纠缠。王师姑碰了钉子，回去告知那王公子，这浪荡子弟虽不甘心，但因妙常住在观里，也不好明抢，只好暂时作罢。

这些事都被观主看在眼里，暗自思度妙常待在女贞观早晚要生出是非，但又怜她无依无靠，自己也喜欢她乖巧懂事，所以一直不忍心赶她走，只是偶尔用言语提点妙常，让她一心不得二用。妙常明白师父的意

思，但她毕竟年轻，虽疾言厉色打发了那些前来骚扰的人，而心里却不是真正的铁石心肠，不恋红尘。她想着母亲没有下落，自己的青春年华要终日伴着青灯古佛，花容月貌也将在空门中付诸流水，不免时常慨叹自己命薄。

而在此时，潘必正来到女贞观，与姑母见了面。观主多年不见自己的侄儿，见他已长成一个风华少年，不觉心里生出许多欢喜和慈爱，听他说这次科举没有考中，便安慰他看开些，并让人安排房间，嘱咐他在这里安心读书，来年再考。

潘必正正在房里与姑母谈话，恰巧妙常来拜见师父，两人四目相对，看个正着，一个翩翩佳公子，一个俏丽美佳人，两双眼睛不觉都看得有些呆了。观主在旁边咳嗽一声，为他俩引见，妙常知道了必正是科考落榜，才来到女贞观的，于是也用言语劝慰他一番。

从此以后，潘必正心里就放不下陈妙常了，他没想到这里竟有一位神仙似的道姑，那神采修华，让人见之忘俗。妙常的身影日夜在他脑子里盘旋，以前他心里装得都是诗书礼经，现在他再翻开书本，竟连一页都看不下去了。他想向妙常表白自己的心意，但又想到妙常是出家之人，这样做有悖礼教。而且妙常每次见了他都一再声称自己是四大皆空，一心皈依空门，更叫他捉摸不透。

而实际上妙常心里也有了潘必正，必正风华正茂，风流倜傥，不是那"张相公""王公子"之类可比的。但因为自己是道姑，不能与人谈情说爱，所以每次见了必正，她说话都是言不由衷。以前妙常对那些来骚扰她的人都以出家人自居，而现在这个"出家人"却成了限制她追求幸福的锁链。

妙常心里五味杂陈，百感交集，每日念经打坐，也都心不在焉。这一天夜里，明月高悬，夜色静美，妙常触景生情，在庭院里摆下琴案，弹了一曲《潇湘云水》，曲调幽怨缠绵，琴声意切情长。而东厢房里，也有一位睡不着，这就是潘必正。他正在床上辗转反侧，忽然听到外面隐约传来琴声，就起身走出卧房，循声来到妙常的住处。他在院门看到是妙常在弹琴，不禁又是一呆，心想：陈姑不但貌美，琴也弹得美妙动听，心里对妙常的爱慕更深了一层，他也顾不得什么宗教礼数，就迈步走进了庭院，站在妙常背后，痴痴地听她弹琴。

妙常一曲弹完，才蓦然发现背后站了一个人，回头一看，见是潘必正，心里又惊又喜。她问必正为什么深夜到来，必正则说是因听到琴声而来，妙常心想：夜深人静，你到我的禅房，想必也是对我存了心思的。她心里不觉有些欢喜，但又想到两人在此谈话，传扬出去，要遭人耻笑，于是又想赶他走。可心里明明非常想见他，他既然来了，再赶走他，心里更是十分不舍，于是便开口说："相公既懂琴音，就请相公也弹一曲吧。"潘必正见妙常不但没有骂他夜深闯到此处，还让他弹琴，心里非常高兴，觉得妙常对他也有情意。于是坐下来弹了一曲《雉朝飞》，歌词为："雉朝雊合清霜，惨孤飞兮无双。念寡阴兮少阳，怨鳏居兮彷徨……"

妙常知道他弹的是叹自己无妻的曲子，便问他："相公青春年少，为什么叹起自己无妻来？"潘必正急于表白说："小生确实没有娶妻。"妙常怕他说出过分的话来，便想打击他一下，就沉下脸来说："你有没有妻子跟我有什么关系？"潘必正怕她真的生气，就又求她再弹一曲，妙常随即弹了一首《广寒游》："烟淡淡兮轻云，香霭霭兮桂阴，喜长宵兮孤冷，抱玉兔兮自温……"

这琴声分明是自比嫦娥，心如止水，断绝尘念。潘必正心里七上八下的，心想刚才一曲《潇湘云水》情深意浓，现在一曲《广寒游》又是这等冰冷无情，不知道她哪个是真情，哪个是假意？于是便想大胆试一下，说："嫦娥可以耐得住广寒宫的寂寞，可仙姑你是凡人，也有七情六欲，可曾想过漫漫长夜，有人与你一起度过？"必正的话正中妙常的心坎，但她没想到他会说得这样大胆露骨，便生起气来，说："相公说话怎能如此轻狂？我要告诉你姑母知道，看你到时还敢不敢再说这样的话！"必正见她真的动了气，连忙道歉，后悔自己话说得太唐突了，又觉得再在这儿待下去，也是无地自容，就起身告辞，转身就走。

妙常不过是想吓唬吓唬他，一来因为自己是出家人，二来是不愿他这么快就猜透自己的心事。但见他走得狼狈，又心疼起来，便说："潘相公，夜深路滑，走路小心。"必正心里正羞愧万分，听到这话又是一喜，便又转回身来向妙常借灯。妙常脸上一嗔，把他关在了门外，

潘必正见妙常这一怒一嗔，便也明白了她的心思。他心想：她心里是有我的，只是拘于宗教礼法，才不敢说出口。我先藏在花丛里，听她会说些什么。这边妙常以为潘必正走了，便自言自语地说："潘相公，我知道你对我有情有意，而我只是表面上对你装狠充硬，暗地里却是牵肠挂肚。可叹这凄清明月，冷冷清清，照你孤零，照我也孤零……"潘必正在花丛里听了半天，虽然没有全听清楚，但他听到了那"装狠充硬""牵肠挂肚"两句，心里就更加明白妙常同样爱他，便高兴地回房休息了。

潘必正因为心里想着妙常，多日来都睡不好，吃不香，身体已经很虚弱，今晚听到妙常弹琴，又听她说了那些话，就更是翻来覆去睡不着，心里又是高兴，又是忧虑。高兴妙常与自己心意相通，担忧这道家的清规戒律，让他们有情人不能终成眷属。

潘必正一夜无眠，第二天就起不了床了，生起病来。观主听说侄儿病了，急忙来看望，见必正病得厉害，心里很是纳闷：他来的时候还是生龙活虎，怎么到这儿休息了些日子，反而歇出病来了？难道是想念父母，还是求功名心切？看着又似乎都不像。观主心里想着，但暂时也管不了那许多，先请大夫诊治要紧。没想到请医问药，必正的病却久治不愈。观主心里着急，又请来巫师给他课算消灾，而那巫师什么都不问不看，就说了些"命不久矣"之类的话，气得观主把他打发走了。

观主见侄儿的病一天比一天严重，急得不知道该怎么办好。这一天她又来看望必正，路上遇到妙常，便拉了她一起来到必正的住处。妙常早就听说潘必正病了，也想来看望，只是因为师父在，她不方便来。这几天她暗地里为必正祈福，又责怪自己那晚话说重了。今天她在路上徘徊，正想着要放下所有的顾虑，来看望潘必正的时候，正好碰到师父，既然师父都发话了，她就急匆匆跟着观主来到必正的房间。

妙常见潘必正形容憔悴，面如枯槁，差点落下泪来，只是碍于师父在旁边，她只能说些宽慰的话。但她还是聪明，说话时语带双关，让必正放开心事，安心养病。那潘必正几天不见妙常，心里总是胡思乱想，自然是病得越来越厉害。今日见妙常来了，还说了那些让他安心的话，心里就亮堂起来，精神也好了许多，感觉病去了大半。真是：心病还须心药医。没过两天，潘必正的病说好就好了。

观主见侄儿病得奇怪，也好得奇怪，那天又听到妙常说了几句半明不白的话，心里就猜出了八九分，想到必正和妙常肯定有什么瓜葛，但又没有发现二人有什么不轨的事，她这做师父和姑母的，也不好说什么。

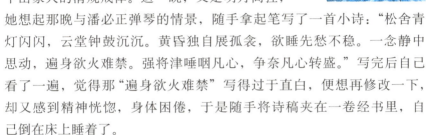

而妙常见潘必正大病了这一场，知道都是因为她。她平时碍于情面，总是动不动就给必正脸色看，现在两人的心思都互相明白了，妙常心里却更是愁肠百结。从本心上讲，她想和潘必正在一起；但从礼教上讲，她又一时放不下出家人的清规戒律。这一晚，又是明月高挂，她想起那晚与潘必正弹琴的情景，随手拿起笔写了一首小诗："松舍青灯闪闪，云堂钟鼓沉沉。黄昏独自展孤衾，欲睡先愁不稳。一念静中思动，遍身欲火难禁。强将津唾咽凡心，争奈凡心转盛。"写完后自己看了一遍，觉得那"遍身欲火难禁"写得过于直白，便想再修改一下，却又感到精神恍惚，身体困倦，于是随手将诗稿夹在一卷经书里，自己倒在床上睡着了。

这时，潘必正的病好得差不多了，一觉醒来，见又到了夜晚，便起身出了房门，双脚不由自主地来到妙常的禅房。他走进屋里，叫了两声"陈姑"，没人答应，以为妙常不在房间，又看到桌案上点着灯，上面放了一些经书，潘必正就顺手拿起一本来翻看，恰好发现妙常写的那首诗，当他看到"遍身欲火难禁""争奈凡心转盛"等句子，心里就更加确定了妙常对自己的感情。潘必正起初喜欢妙常，本来还怕坏了妙常的名声，可自从病了这一场，他就想明白了，什么空门净地、清规戒律，统统都不管了，他一定要娶妙常为妻，与她长厢厮守。他拿着诗高兴地手舞足蹈起来，一转身，才看到妙常原来就睡在纱帐里。潘必正走过去，见妙常娇躯蜷卧，情不自禁地把她揽在怀里。妙常正睡得香，忽然觉得有人抱她，睁开眼睛见是潘必正，连忙挣脱开来，怪他不守规矩。

此时潘必正再也不怕她说告诉你姑母之类的话了，他拿出妙常的那首诗，要妙常和他共拜天地。妙常见再也不能掩盖自己的心思，也不想再否认自己的感情，就都依了他。两人跪在地上拜了三拜，又对天发下盟誓：要一生一世只爱对方。然后两人在妙常的禅房里成就了夫妻。

自此之后，潘必正就夜夜来与妙常幽会，两人情浓意浓，如胶似漆，只是在这女贞观里，不得自由，只能到晚上才能相会，又要防备观主和其他师姐知道。可纸终究包不住火，他俩的事，不久就被观主发现了，观主本来就怀疑两人有瓜葛，近日又发现必正神色有异，经常在妙常的禅房附近溜达，心里就明白了几分。这晚她硬逼着必正在经堂读书，自己在一旁看着，一直到三更天，把个潘必正急得抓耳挠腮，只是不敢出去。熬到姑母走了，才悄悄向门外溜，又发现门被反锁了，他便从窗子里跳出来，直奔妙常的禅房。

而观主并没有真的离开，她见必正在那儿看书心不在焉的样子，知道硬逼也没有用，才起身出来把门锁上。后来见必正跳了窗户，她就跟在他身后，见他果然进了妙常的房间，心里又气又无奈。观主心想：一个是自己的侄儿，一个是自己的弟子，两个人正青春年少，出了这种事也是难免的。只是长久下去，再被别人知道，岂不是要败坏山门？又想到哥嫂只养了这一个儿子，一心指望他高榜得中，出人头地，而他却在这里迷恋女色，与道姑偷情，岂不是自毁前程，辱没了潘家的名声？观主想来起去，想不出好办法，只好让必正马上离开女贞观，断了两人的来往。

再说妙常在房里等到三更天，也不见潘必正的人影，便胡思乱想起来，怕必正薄情寡义，厌弃了她。等到三更天后，潘必正来了，妙常便不理他，潘必正又少不了一番打拱作揖，向妙常陪罪，又说明其中原委，妙常才破涕为笑，两人熄灯安歇，又一夜温存。

而到了第二天，观主就把侄儿必正叫到跟前，要他立刻进京赶考。必正一听犹如晴天霹雳，他正处于和妙常无比恩爱之时，怎么忍心抛下她，自己一个人远赴京城呢？于是他找出离开考时间尚早等各种理由，要在观里再多逗留些日子，可观主态度坚决，硬让他走不可，并搬出他父母，骂他没出息，说得声泪俱下。必正无奈，见此情景，明白姑母也许知道了他与妙常之间的事情，不走是不行了，但他还想见妙常一面，就请求到各师姑房中道别，但狠心的观主不愿他二人再单独见面，就让人把所有道姑都叫出来，一起告个别就行了。

妙常出来后，才知道必正要走，见师父的脸色很不好看，也明白自己和必正的事肯定是让师父知道了。想到昨夜还是情意缠绵，今天就要天各一方，她心如刀绞，肝肠寸断。但是当着师父和众师姐的面，她不能哭，也不敢哭，而必正也只能看了妙常几眼，含泪而去。

观主一个人送必正上了船，把众弟子都挡在了后面。妙常见送都不能送郎君一程，心里有无限委屈。她回到禅房，心乱如麻，心想刚与潘郎两情相悦，就被师父隔断，虽然知道必正对自己是真情实意，但也怕山高路远，必正会忘了他们之间的恩情。今日一别，不知道什么时候才能见面，不能与他说些知心话，就这样让他走了，总是心有不甘。又想到自己既然已经和他做了夫妻，再守什么清规戒律也就没有任何意义，于是决定偷偷去追潘必正，与他话别。

妙常主意打定，就溜出了女贞观，而等她来到河边，必正的船早已走远，她不愿就这样放弃，便雇了艘小船，去追必正的大船。掌舵的艄公见她是个俏丽的道姑，又是去追一个相公，便明白了八九分，就一边打趣她，一边解缆行船。但这老艄公是个好人，虽然与妙常磨蹭几句，但撑起船来却是飞快，他见妙常愁眉不展，便唱出一曲渔歌："风打船头雨欲来，满天雪浪，那行教我把船开，白云阵阵催黄叶，惟有江上芙蓉独自开。"妙常听得这歌声，觉得自己就像那江上芙蓉，独自飘零。而这时小船越驶越快，马上就要追上潘必正乘的大船了，那船上的小艄公听到这边有人唱歌，也和了一曲："满天风舞叶声干，远浦林疏日影寒。个些江声是南来北往流不尽的相思泪，只为那别时容易见时难。"船里的潘必正正暗自伤怀，听到这歌声正合自己的心境，便走出船舱，望那一江秋水，恰好望见后面船上的人好似妙常，他不禁悲喜交加。这时小船已经赶上来，妙常看到必正，喊了一声"潘郎"，就泪如雨下。

两只船靠在一起，妙常跳上大船，与必正相拥而泣，面对这生生离别，纵是有千言万语，也难诉两人情肠。一番悲伤过后，必正打算让妙常跟自己一同上京，妙常虽也愿跟他相伴相随，但又怕自己一个道姑跟着他会惹出是非，误了他科考大事，思量再三，还是决定留下来，等必正高榜得中，再来接她。必正知道她的顾虑，便不再强求。两人分别时，妙常把随身戴的碧玉簪赠给必正，必正把一枚白玉扇坠送给妙常，约定日后相见，让玉簪、扇坠见证他们的爱情，然后两人挥泪而别。妙常目送必正的船越走越远，直到看不见，才叫艄公开船，一个人孤零零地回了女贞观。

再说河南潘夙家里，潘必正已经离家将近一年，潘母思念儿子必正，陈母挂念女儿娇莲，两个老人常常背地里落泪。后来听说有个算命的先生，很是神通，便请到家里来，为各自的儿女算上一卦。这算命先生也会胡诌，顺着两个老夫人的话就说儿子会科考中举，女儿会遇到自己的郎君，并且过不了多久，就会实现。两个老人一听，顿时喜得眉开

眼笑，赏了那算命的许多银子，祈盼着儿女能够早日回到自己身边。

而妙常回到女贞观中，日夜思念潘必正，每日仍跟着师父念经打坐，只是那经文再也进不了她的心，都是念过就忘。后来那曾为她说过媒的王师姑，又奉了王公子的命令，来骗拐陈妙常。结果被妙常识破，把那两人都骂了一通。那王公子不好发作，便把气都撒到王师姑身上，两人扭打到县衙，审案的正是曾追求过妙常的张于湖，张于湖听说此案牵连到妙常，又看两个都不像正经人，便把二人各打二十大板结案。原来张于湖当年追求妙常，反被妙常羞辱一番，但他并不忌恨，却更加敬重妙常，只恨自己与这等佳人无缘。

妙常赶走无赖王公子，转眼又过了几个月，潘必正竟没有一点消息，她心里越来越担忧，越来越着急。她着急的一个重要原因是她怀了身孕，这是自必正走后才发觉的。妙常眼看着自己衣带渐短，难以遮住日渐隆起的腹部，心里是万般滋味，不知如何是好。怕被师父发现，不会轻饶自己，更怕被别的师姐知道，传扬出去，毁了女贞观数十年的名声，急盼潘必正归来，却偏是盼也不回。于是她只有终日待在自己房里，没有事不再轻易出门。

正在她万般愁苦之际，当年送她入女贞观的张二娘来看望她，妙常感激她的救助，二娘喜欢她的善良，两人早就结为姐妹，平时也有来往。此时，妙常见了张二娘，就像见了亲人一般，向她道出实情。张二娘先是一惊，后来想那潘公子她也见过，是个忠诚至信的人，值得妙常托付终身，就安慰妙常不要着急，告诉她到身孕实在瞒不住时，就把她接到自己家中，在自己家里等候潘必正也是一样，又不会让女贞观为难。妙常听了这个主意，觉得很好，也就渐渐放宽了心。

又过了几天，妙常正在房里想念潘必正，想着现在科举时间已过，不知道必正有没有考中；如果考中了，会不会忘记她这旧人。这些日子以来，什么样的情况她都假设过许多遍。有时她坚信潘必正不会背弃她，有时又怀疑必正会不会被外面的花花世界迷住眼睛。她时忧时喜，没有一天不盼着潘必正回来。

她正胡思乱想着，师父拿了一封信来到她房中，原来是潘必正中了状元。潘必正进京后，又在京城苦读了几个月，一心考取功名，与妙常成亲。皇天不负有心人，发榜之后，他果然考中状元。潘必正高兴地给家里和女贞观的姑母与妙常都写了喜信，让人先送过来，说过几天，他就到女贞观来了。必正在给姑母的信中说明自己和妙常的事，请求姑母让妙常还俗，与他成亲。观主早就知道二人的事，当初就是她硬把必正赶到京城去的，现在侄儿考中了，她自然也很高兴。妙常本来是她喜欢的弟子，既然两人情投意合，她也就不会从中作梗。让他们成亲，更是皆大欢喜的事儿。

所以观主拿了信来找妙常，只是假意数落了她一顿，又语重心长地嘱咐她一番。观主考虑到女贞观是清净之地，不能在这里办婚事，便想让他们到张二娘家举办婚礼。妙常看到潘必正的信，自然是喜不自禁，只是要离开照顾自己两年的师父，她心里又有些不舍。但此时，她也只有听从师父的安排，拜别师父和众师姐，到张二娘家住下了。

没过几天，潘必正果然风风光光、喜气洋洋地来到了女贞观。他先见过姑母和众师姑，只唯独不见妙常，心里纳闷。观主见侄儿如此神采飞扬，非常高兴和欣慰，又见他目光游移不定，也明白他的心意，就趁机告诉他原委。等必正在观中休息片刻，观主就让他到张二娘家与妙常成亲去了。妙常与必正见面后，两人几番诉说相思，自不必说。当夜，张二娘亲自为他们主持了婚礼，二人成为名正言顺的夫妻，妙常改回俗名娇莲。第二天，新婚夫妇便辞别姑母和张二娘，返回河南老家了。一路上，娇莲心里充满了甜蜜，无数个日夜的相思换来今天的团圆，也是值得了。想想自己幼年丧父，与母亲相依为命；后又遭遇战乱，与母亲失散；出家为道，偶遇潘必正。这一路坎坷走来，今日总算有了个踏实的归宿，只是母亲至今没有下落，她不免又思念起母亲来。

娇莲一路想着，不几日，就随着潘必正回到了河南家中，潘氏夫妇早就接到儿子的喜信，知道他们今天回来，便早在家里摆下喜宴。潘必正领着娇莲拜见父母，潘氏夫妇见儿子不但中了状元，还娶回一个如花似玉的儿媳妇，更是高兴得老泪纵横。而这边陈夫人见那新娘子很像自己的女儿，但似乎比女儿更娇艳一些，而娇莲也早就看到堂上有一位老夫人很像自己的母亲，只是好像比母亲更苍老一些。两人都不住地打量对方，等到潘母让儿子拜见旧时岳母陈夫人时，娇莲也跟着必正走到母亲身旁，四目相对，仔细辨认，两人这才确定对方就是自己思念已久的亲人。娇莲扑倒在母亲怀里，陈夫人搂着女儿大哭起来。等两人止住哭声，众人才知道，原来潘必正在外面娶的妻子，正是与他指腹为婚的陈家女儿娇莲。大家都惊叹这是奇事，二人真是天作之合。

　　潘凤赶紧吩咐人奏乐，庆贺这几桩喜事，一时间鼓乐喧天，潘家沉浸在一片欢乐之中。

【赏析】

　　高濂，又名士深，字深甫，号瑞南道人、湖上桃花渔，钱塘（今浙江杭州）人。他大约生活在明嘉靖万历年间，中年时曾做过鸿胪寺官，后归乡隐居。高濂富有才情，在诗文词曲等方面都有所成就，著有《雅尚斋诗草》《芳芷楼词》等，其散曲存世较多，多写离思、闺怨、怀远之意，尤长于南曲。他的传奇作品有《玉簪记》和《节孝记》。《玉簪记》是其代表作。高濂还是个有名的藏书家，藏书甚富。

　　《古今女史》上载："宋女真观尼陈妙常，姿色出众，诗文俊雅，张于湖授临江令，宿观中。见妙常，以词挑之，妙常亦以词拒之。后妙常与于湖故人潘法成私通融洽。潘密靠于湖，以计断为夫妇。"《玉簪记》大致取材于此，谱成一曲乱世之中书生与道姑的桃源恋情。

　　北宋末年，金兵屡次南下，最终攻破都城，战乱中百姓纷纷逃难。宦家之女陈娇莲在逃难中与母亲失散，无奈之下进女贞观出家为道，法名妙常。妙常十分美貌，虽身为道姑，但也招来不少俗家弟子的垂涎。她一一打发掉那些浪荡公子，后来遇到落第的观主侄子潘必正，二人在女贞观中一见倾心。起初潘必正几次试探妙常的心思，妙常都曲意推拒。在一个月明之夜，妙常弹琴，潘必正闻声而至，二人用琴声传达心曲，妙常虽明着拒绝，却背地里相思，潘必正偷听到她的话，明白了她的心意，但妙常道姑的身份是二人中间的障碍。潘必正病倒，陈妙常前去探望，无法掩住情思，写下《思凡》诗一首。潘必正病好后，发现妙常写的诗，更加确定妙常的心思。经过潘的一场大病，二人都明白了爱情的珍贵，终于冲破道教礼教的束缚，在女贞观里偷偷结合。不久，他们的幽会被观主发现，观主怕侄子沉湎于女色，又怕败坏山门，强行把潘必正赶到京城应考。潘、陈二人面对骤然离别，内心都十分悲伤。妙常趁师父和众师姐不注意，偷偷去送潘必正，两人在江中泣别，妙常赠给潘必正一支玉簪，潘以扇坠回赠。潘必正到京城后，用功读书，终于考中状元。他风风光光地返回女贞观，观主不再反对他和妙常的事，妙常还俗，潘陈二人终于喜结连理，然后夫妻双双辞别观主，返回潘家。潘父、潘母高兴地迎接儿子、儿媳回来。娇莲向公婆行礼时，发现自己母亲也在那里，原来娇莲的父亲与潘父是多年好友，曾为各自儿女定下婚事，娇莲本是潘必正指腹为婚的妻子。娇莲的母亲与女儿失散后，一路逃难到潘家，就在潘家住下来，一时母女相认，全家团圆。

《玉簪记》写乱世中书生与道姑的爱情传奇，情节一波三折，折中生变，给人山重水复而后又是柳暗花明的感觉。陈娇莲是个孤门弱女，经战乱，入空门成为道姑陈妙常，后与书生潘必正相爱，最终成为状元夫人。她不同身份的变化贯穿了整个故事，也是这"人生三部曲"展示了陈娇莲敢于冲破道教束缚、追求美好爱情的气度。娇莲是个二八少女，有青春、有美貌、有才情、有智慧，这决定了她不可能在空门中终老一生，道家的清规戒律不能压住她青春的跃动，所以在遇到才学相貌俱佳、风流倜傥的观主侄子潘必正后，就与之倾心相爱了。但妙常选择对象不是盲目的，她不是见人就爱，更不是良莠不分。张于湖也算温文尔雅，但他人过中年，又言语轻薄，根本引不起妙常的爱欲。至于那无赖王公子，更让妙常不屑一顾，只有书生潘必正才燃起妙常的熊熊爱火。一遇到爱情，所有的宗教礼法都统统抛弃了，妙常作为一个道姑，开始拘于道家戒律，后又冲破道家戒律，说明追求情爱是人之本性，不管是在俗世，还是在道观，爱情发生了，便是什么都阻挡不住，任何清规戒律都泯灭不了人性，泯灭不了追求爱情和幸福婚姻的青春之心。

潘必正是个多情的书生，他敢于去爱，不顾妙常道姑的身份，要娶她为妻，不是始乱终弃，而是以婚姻为目标，求长厮厮守；这是真性情之爱，也是此人物形象光辉之处。为了爱情他主动追求，虽然在姑母的逼迫下，无奈进京赶考，但此处并不见他像《墙头马上》裴少俊般的软弱，而是想办法留下来，甚至在妙常送他的时候，他想要妙常跟他一起走。面对爱情的阻力，他并不束手待缚，而是主动争取，最后考取功名，成功迎娶娇莲。堂堂状元在张二娘的茅舍中完成婚礼，也表现他不拘于礼法、敢破礼法的真性情。

《玉簪记》以喜剧笔法，反抗宗教，张扬人性。故事还胜在剧中人物并无大奸大恶者，皆以善为本。张二娘是个热心助人的农村妇女，她

两次为妙常摆脱困境，一为把妙常引到女贞观，二为解决妙常怀孕的困窘，最终妙常成亲，也是安排在她家。观主虽一开始阻断妙常与潘必正的情事，但她并不是真正无情的人，虽守着道家法规，但也有慈爱，理解少年人的情怀，侄儿高中后，她便谨慎筹划，让他们有情人终成眷属。张于湖作为当地知府，情挑妙常不成，遭了羞辱，便急忙归去，并没有用自己的权势强相威逼。后遇王公子和王师姑告状，张知道与妙常有关后，不但没有趁机刁难，反暗自为妙常解脱一场官司。而潘氏夫妇见到亲家母落难投奔，真诚相留，也没有半点嫌弃，更未责怪儿子违背指腹为婚的约定，私自娶妻。甚至连那无赖王公子，虽曾让王师姑诱骗妙常，但只落得个"山鸡野鸭"的骂名，被张于湖打了二十大板了事，也没有继续作恶。正是这些人物都存有善心，交杂相错，才最终成就主人公妙常与潘必正的美好姻缘。少了哪一个的帮助，多了哪一个的恶意相绊，都不能完成如此喜剧，所以整个故事波折横生，但又解之顺畅，让人感觉轻松愉快。这其中当然少不了是作者有意曲笔，对大恶予以回避，赋乱世以清雅诗意，使整个故事喜忧相生，富有浪漫色彩，最终圆了美满的结局。

故事结尾以中状元了结全局，再一次用状元的光环点燃洞房花烛，确实有些俗套，但也烘托了喜剧气氛，加强了喜剧效果。在当时社会，文人书生本来就是有了功名才能在社会上立足，让功名为爱情护驾，也算是无可厚非。

中　山　狼

春秋后期，有个东郭先生，一生信奉墨家学说，主张对万事万物都讲爱心。他青年时寒窗苦读，学遍所有的墨家著作，然后周游列国，宣传自己的"博爱"思想。然而那时正是各国争霸的时期，君主都崇尚武力，谁还搭理他的什么"博爱"。所以这东郭先生跑了大半辈子，也没在哪个国家求得一官半职。如今已是花甲之年，他仍是穷困潦倒，无家无业，无妻无子，整日骑着他的毛驴，驮着他的书袋，在各国之间漂流游荡。

这一天，东郭先生来到中山国境内，想在此处谋个官职，度过晚年。他骑着毛驴走在荒村古道上，举目四望，正是残阳西下的时候，秋风卷地，衰草连天，好不凄凉！这萧瑟的秋天恰似他潦倒的晚景，东郭先生心里涌起一阵辛酸。

突然，前方烟尘滚滚，飞沙走石，又有人喊马嘶，东郭先生吓了一跳，以为又遇到两国交兵，仔细一看，原来是一群人在围猎。他这才稍稍放了心，刚想下驴歇脚，却从旁边蹿出一匹狼来，东郭先生又是一惊，心想：完了！在这荒郊野外，难道自己这把老骨头要喂了狼不成？

东郭先生正暗自惊慌，却没想到那狼来到他跟前，后腿一屈，前腿合拢向他作揖，竟还说出人话来："好心的先生，快救我一命吧！"东郭先生更是惊奇，问他是哪里来的，那狼便说："我是中山国的狼，晋国正卿来此打猎，射了我一箭，我拼命逃到这里，求老先生救救我，他们还在后面追我呢！"

这狼所说的晋国正卿名叫赵鞅，此人擅长弓箭，喜爱打猎，只要他弓弦一响，什么飞禽走兽都要应声倒地。今天，他见秋高气爽，便带了人马到郊外狩猎。他们一群人一路追捕着猎物，就追到了中山国边界，赵鞅见前方有一匹狼在直立嗥叫，正约伴觅食，他停住马，搭弓射箭，嗖地一声，那箭弩就射在了狼的背上。赵鞅满以为狼会毙命，没想到竟没射中要害，那狼惊叫一声，便蹿进了树林之中。赵鞅一见狼跑了，不由得大怒，命令左右随从，拨马就追，这才扬起了遮天蔽日的灰尘。

而东郭先生听狼这样说，果然看到它背上有半支箭杆，他见狼那可怜兮兮的样子，刚才还害怕它会吃了自己，现在又对狼产生怜悯之心。他一生不曾踩死只蚂蚁，"博爱"思想早已经深入骨髓，经常是善良过度。但他现在已到了老年，半辈子吃了不少过度善良的亏，也慢慢地记住点教训。他想自己来这中山国是求取功名的，前途未卜，这狼是善是恶也不知道，哪

里管得了这等闲事？所以尽管他有些同情中山狼，但还是说："实在对不起，我正忙着赶路，没有时间，你要是想活命，还是自己快跑吧。"

那狼见东郭先生不肯救自己，便又作了一揖，说："赵简带着人马，从四面合围过来，我身上有伤，跑不快，哪里能逃得掉呀？你们人都以'仁爱'为本，难道你对我就没有一点怜惜之情吗？传说古代有个隋国君主救了一条蛇，那蛇便衔了一颗宝珠来报答他。我可比蛇有灵性多了，更懂得知恩图报，您若救了我，我一定不会忘记您的大恩大德。"

狼说了这番话，东郭先生的怜悯心更重了，只是他看到风沙滚滚，赵简的人马好像马上就要到了，他怕万一救了狼，得罪了赵简，赵简会把他杀了，就勉强说："那赵简可不是好惹的主儿，万一他发现我藏了你，不但你跑不了，我也难以活命。"

狼见东郭先生有些动摇了，就又说："都说人有恻隐之心，但现在看来你们所谓的信奉'博爱'都是假的，你不救我没关系，只是我今天死在赵简手里，我不恨他，但我恨你，恨你们这些虚假的人类！"

东郭先生心里一颤，狼的话正中他的软弱之处，心想：自己一生主张博爱，怎么今天见了一只受伤的狼，就不能救了呢？罢了，罢了，管他后果如何，先救了它再说吧。于是东郭先生对狼说："我本不想救你，但我们人的仁爱之心不是假的，'救人一命胜造七级浮屠'，虽然你是狼，我也不能袖手旁观，算了，你就钻到我的书袋里吧，等追你的人过去，我再放你出来。"

狼一听，高兴地跳起来，对东郭先生作揖打拱，千恩万谢。东郭先生把书袋从驴背上拿下来，开始一本一本地往外掏书，狼一看急了，说："先生，您快点吧，等赵简过来，我还进不了书袋，我们就都完了。"东郭先生这才提起书袋的底部，把书全倒出来，又把狼装进去。但这书袋太小了，装了狼就装不了书，书在外面若被赵简看到，岂不是要怀疑吗？再说赵简来了，要检查书袋的话，打开来一眼就能看见狼，那不是更完了吗？

东郭先生把自己的顾虑告诉狼，狼想了想又从书袋里出来，说："那您就把我的腿脚都捆住，我把头和尾巴都蜷起来，您再把我塞进去，我占的空间就小了，不就可以放书了吗？"东郭先生一听，这倒是个好办法，于是就照狼说的做了。他刚收拾完，把书袋又放到驴背上，赵简就带着人马过来了。

要说狼受了伤，跑得不快，赵鞅本来很快就能追上。但是这狼很狡猾，它刚才在树林里，左冲右突，拐来拐去，让赵鞅等人看不准它的方向。赵鞅对这一带又不熟悉，所以在林子里绕了很长时间，才带着人来到大道上，让狼有机会求东郭先生救了它。

赵鞅等人来到路口，见东郭先生正靠着一棵枯树休息，一个随从便冲着他大声喊道："喂，老头儿，有没有看见一只狼跑过来？"东郭先生有些心慌，但还是故作镇定地说："老生我孤身一人，只背了几本旧书，云游到此，不曾看到有什么豺狼虎豹。"

赵鞅一听大怒，喝道："你这混账老儿，满嘴胡言乱语。我刚才一箭射中那狼的脊背，眼看着它跑到这里就不见了，不是你藏了它，会是哪个？你若不把它交出来，看见我手中的剑了吗？它可不是吃素的。"说着，他举起利剑就照着旁边的车辕劈了下去，那车辕子立马被劈成两段。

东郭先生一看这阵势，吓得两腿直抖，说："报告将军，我本是一介书生，也是刚到此地，并不认识路，走到这三岔口，就迷路了。正想等有个人过来，我好问一问，没想到您一来就向我要狼，我刚在这里坐下，哪里见过什么狼呀？"他说着就装出一副可怜的样子，见赵鞅有些信了他，便又接着说："都说路多，羊会迷路，羊那样乖顺，连小孩子都可以制服它，尚且能自己走丢，何况是一只狡猾的狼呢？这里路这么多，说不定它早就从别的小路上跑了，您一味在大道上找它，不是缘木求鱼吗？"

赵鞅听了东郭先生的话，觉得有些道理。但转念一想，刚才明明看见狼朝这边跑来，怎么一眨眼就不见了，这老头肯定脱不了关系，便说："老头儿，我今天来打猎，一定要打到那只狼不可，你就别废话了，看看我这口宝剑，可是削铁如泥，再不把狼交出来，我就让你试试这剑的锋利。"

东郭先生见那明晃晃的剑，心里自然也有些害怕，但还是说："将军，您不能不讲道理，您是来打猎的，而我只是个行路的，您不见了狼，就找我来问，请问您看见我把狼藏起来了吗？"

赵鞅一听，觉得这老头儿还挺会狡辩，便对手下的人说："去！把

中国十大喜剧故事

他那驴背上的书袋子打开来看看。"东郭先生赶忙上前拦住说："我这口袋里装的都是书，那狼可是活的，它要在里面，怎么会不动一下呢？再说这袋子这么小，又怎么能装得下一只狼呢？"

赵简又叫人住手，只是有个随从手快了些，已经拽开了书袋前面的一角，有几本书从里面露出来，东郭先生趁机说："你们要看也没关系，只是我这里面的书都放得整整齐齐的，这一搜，我又要重新收拾一遍了。"

赵简本来怀疑东郭先生，但看他说得真切，又看见了露在外面的书，心想：也许这老头儿真的没见到那只狼。于是他打算带人走了，可又抬头看了看四周，不见别的人影，便还想再说几句，说不定老头儿一会就露馅了。于是赵简又说："老头儿，你不要用花言巧语瞒我了，你想想，那狼是凶狠残暴的野兽，你怎么老替它遮掩呢？"

东郭先生回答说："将军，小人虽然愚钝，但还知道狼不是什么好东西，它凶狠贪婪，经常残害弱小动物。您想猎杀它，我还想为您帮忙呢，怎么会替它说话，把它藏起来呢？"

赵简这时已经没有耐性了，他不想再听这老头儿啰唆，既然没问出个结果，那书袋也没什么异样，赵简就带着人马走了，又扬起一路灰尘。

东郭先生等这些人走远，才长舒了一口气，与赵简周旋了半天，他也是提心吊胆，生怕他们把书袋全部打开翻过来看。此时能救了中山狼，他像救了自己的命一样高兴。不过他也纳闷：怎么狼在里面真的一动不动呢？难道是憋死了，还是流血过多死了？他赶忙过来把书袋全部解开，把狼拽出来。

再说那中山狼在书袋里可是憋坏了，它身上有伤，蜷起身子来就更疼了，又让书挤压着，几乎不能喘气。但它听到外面赵简来了，为了活命，它在里面是一动不敢动，一声不敢吭，只盼着东郭先生能骗过赵简。

东郭先生把狼拉出来后，见狼还活着，就赶紧把它腿上的绳子解开，狼这时才舒展开来，说："真是把我憋死了，您快点把我背上的箭拔出来吧。"东郭先生又替它拔了箭。狼伸了伸腰，舔了舔舌头说："先生，您救了我的命，我真是感激不尽。不过，我还有句话，不知道当讲不当讲？"东郭先生问它什么话。狼便说："我刚才被赵简追得精疲力尽，又在书袋里受了半天苦，虽然您救了我，可我现在饿得要命，附近又没有什么吃的，您要是走了，我肯定会饿死在路上。与其那样，我倒不如刚才让赵简一刀杀了痛快，也省得死后被乌鸦啄、蝼蚁啃。先生，您大慈大悲，就好人做到底，让我吃了你吧。"狼话没说完，就朝东郭先生扑来。

东郭先生简直是目瞪口呆，他没想到狼会这样对他，幸好他当时站在驴身边，就势一躲，才没被狼扑到。东郭先生躲在驴身后大骂："你这没良心的东西！你落难的时候，我救了你，还差点被赵简识破，死在他的剑下，你不但不报答，反而来吃我，你太忘恩负义了！"

狼可不管那一套，说："先生，您是信奉'博爱'的，刚才可以为了救我，骗那凶悍的赵简，怎么现在就不可以为了救我，让我吃了你呢？再说你也老了，身体已经腐朽，也没多大用了，不如让我吃掉，我还可以好好地活着。"说着，又朝东郭先生扑来。

别看刚才东郭先生与赵简周旋的时候还挺能说的，可现在狼要吃他，他却没词了，只能一边躲，一边说："我救了你，你不能吃我。"狼见他躲来躲去，也急了，说："谁说我不能吃你，刚才你把我装进书袋里，差点把我憋死，你还对赵简说我的坏话，说我贪婪凶狠，还说要帮他杀我，你做了这么多坏事，难道还不够我吃你吗？我现在就凶狠一次让你看看。"

中山狼穷凶极恶，露出真实面目。东郭先生心想：完了，看来今天这把老骨头真要扔在这了。他慌得不知道该怎么办，直后悔刚才不该救了这白眼狼。而中山狼一个劲地朝他扑来，一次比一次凶猛，他只有绕着驴躲来躲去。东郭先生毕竟老了，他哪有狼那么大体力，绕了几个圈他就气喘吁吁地撑不住了，稍有不慎就会被狼扑到。而狼这时候看着嘴边的食物马上到手，更是不遗余力地扑向他，一边扑还一边喊："老东西，你就别躲了，再怎么躲，我也非吃你不可！"东郭先生被狼追得紧，喘着粗气说："你这忘恩负义的东西，今天算是我瞎了眼了，但让你吃了我，我实在是不甘心，俗话说：'若要好，问三老'，我们去找三个老者问一问，如果他们都说你可以吃我，那我就没话说了，但如果他们要说你不能吃我，你就得马上离开。"东郭先生虽然迂腐，但还不想就这样被狼吃掉，才想出这个办法。狼转了转眼珠，说："今天你死定了，别说问三老，问几老你也该吃！不过，让你问问也没关系，你死了这条心，我倒能省不少的力气。"

东郭先生和狼来到一棵老树下，狼说："这是棵老杏树，你就问它吧，麻烦你快点，我已经饿得不行了。"东郭先生说："草木没有感情，也没有知觉，这杏树怎么能开口说话呢？"狼不耐烦了，说："别啰唆了，你只管问就行了。"东郭先生无奈，只好向老杏树作了一揖，说："老树，老树，我一生行善积德，今天这条狼被人围猎，走投无路时是我救了它，但事后它不仅不报答我，反而要吃了我，你说它是不是不该吃我？"

说来奇怪，老杏树竟然真的开口说话了："我是一棵杏树，当年老园丁种我的时候，不过只用了一颗杏核。我一年开花，两年结果，三年长成两把粗，十年长成合抱粗，到如今已经有三十多年了。这些年来，老园丁用我的果实喂养全家，招待客人，还拿到集市上去换钱，可以说他们全家的生活都是靠我供养的。现在我老了，结不出果实了，那老园丁就砍我的枝，剪我的叶，甚至打算把我砍伐掉，卖给木匠铺。唉！你看，我对园丁一家算是情深义重，仁至义尽了吧，可他们还是这样对我。跟我比起来，你对狼有什么恩德？它当然应该吃你。"

东郭先生想不到老杏树竟会这么说，生气地骂它："我以为你是什么奇木佳树，原来不过是朽木一根，活该你被砍枝断叶，伐了你正好！"

狼一听老杏树说可以吃东郭先生，就高兴地朝东郭先生扑来，东郭先生赶紧一闪身说："你急什么，我们说好了要问三老，现在才问了一老而已。"说着，就往前走，找别的老者去了。狼急着要吃掉他，看到前面有一头老牛，就让东郭先生去问它。东郭先生怕狼性急了立刻就吃了他，只好来到老牛跟前说："老牛，老牛，这条狼被一群人猎杀，眼看就要没命了，是我好心救了它。但它却恩将仇报，要吃我，你说它是不是不该吃我？"

老牛也开口了，说："我是一头牛，当我还是牛犊时，身强力壮，老农一家都喜欢我。整天让我驾车，让我耕地，他们家吃的、穿的、用的都是我换来的。可现在我老了，干不了活了，他们就把我扔在荒郊野外，任凭日晒雨淋，可恨的是他们还商量着要把我杀了，说：'肉可以吃，皮可以制革，骨头和角可以磨成用具。'老牛我一生都奉献给他们家，到最后却落得被屠宰的下场，跟我比起来，你对狼有什么恩德，它有什么不能吃你的？"

东郭先生一听，差点瘫坐在地上。心想：老牛是挺可怜的，可自己也不能让狼吃了呀，但这荒郊野岭的，谁来救我呀！他真是叫天天不应，叫地地不灵。这时狼又要过来扑他，他赶忙躲过说："还有一老呢，再找到一个人，如果也说你可以吃我，我就让你吃。"

狼这时已经饿得不行了，说："我今天如此好心，饿着自己还要信守诺言，你不让我吃，老天也会看不过去的。"

正说着，忽然看到旁边小路上走来一个挂拐杖的老人，东郭先生赶紧跑过去，跪在那老人面前说："老人家，你赶快救救我吧，那条狼要吃我。"挂拐老人不明白他的意思，东郭先生就接着说："那可恨的白眼狼，被晋国的赵鞅猎杀，受了伤，跑到我面前求救，我见他可怜，就把它藏在书袋里，骗过赵鞅，没想到它脱离危险后，却反过来要吃我。"

老丈一听，举起杖就要来打中山狼，并说："你这没良心的东西，他好心救你你倒要吃他，再不快滚，我就打死你。"

狼可是很狡猾，它躲过拐杖说："老人家，你别听他胡说，他把我装在书袋里，还把我的手脚捆住，是想把我憋死。赵鞅来了，他说了一堆我的坏话。他把赵鞅骗走，是想独吞了我，好吃我的肉。等他把书袋打开后，见我还没有死，才假意说是为了救我，像他这种虚伪小人，你说我该不该吃他？"

老人一听，拖长声调说："这么说来，你这位先生也有不对了。"

东郭先生没想到狼竟然这么会狡辩，简直是颠倒黑白，他赶紧抓住老人的手说："老人家，你千万别信它！它求我救它的时候，是花言巧语；要吃我的时候，又是百般狡赖。你想，我冒死救了它，怎么还会再害它呢？"

狼又上前说："他就是把我捆在书袋里，打算要把我憋死的。"

老人见他俩各执一词，又看了看那书袋，说："你们两个的话都是半真半假，这书袋这么小，是怎么把一只狼装进去的？书又放在哪里？你们若能再装一次给我看看，我就能看出是不是你这先生要谋害这狼，要是狼真的在里面很受委屈，它就应该吃了你。"

狼一听，也不想再费唇舌了，对东郭先生说："老东西，你就照刚才的样子再捆我一次吧，把我装在书袋里，等我再出来，你可别狡赖。"东郭先生没有办法，只好又把狼照原先的样子捆绑住，并装进书袋里，他本来还要把书装进去，却被挂拐老人一把按住。老人迅速拿过绳子，把袋口紧紧地扎住，并轻声问东郭先生有没有佩刀，东郭先生说有刀，但不明白什么意思。老人说："你现在还不下手，难道还放它出来，让它吃了你吗？"

东郭先生这才恍然大悟，但转念一想，说："这畜生虽然没有良心，但我救了它，再让我杀它，我还是有些下不了手，我们墨家是讲究'博爱'的。"

老人听了哈哈大笑，说："你对这种无情无义的东西讲仁慈，它可不对你仁慈呀！愚昧的仁爱只能害人害己，难道你活了大半辈子，还要做个迂腐愚昧的人吗？"

东郭先生长叹一声说："唉！这世上无情无义的，又何止这条中山狼呀！"

老人点了点头说："先生说得很对，这世上负心的人太多了。那些负国家的，享受着高官厚禄、锦衣玉食，却不为国效力，而专干些祸国殃民的事，把一个大好河山，祸害得残破不堪，不可收拾；那些负父母的，爹娘含辛茹苦把他养大，他却埋怨父母没给他挣下好家好业，自己稍微发了点财，就说爹娘沾了他的光，忘了自己是娘生爹养的；那些负老师的，小时候读书识字，写诗作文，全是由老师一手栽培，而等他长大了，考取了一官半职，就大模大样，把老师当作陌路人看待；那些负朋友的，平日里全靠朋友接济照顾，而朋友一旦落难，他则见风使舵，一脚把朋友踢开，去攀附别的权贵；那些负亲戚的，自己穷时靠人家吃，靠人家穿，一旦自己发达了，就翻脸不认人，把往日的恩情忘得一干二净。唉！这世上忘恩负义的人，不都像这中山狼一样吗？甚至比狼还要凶狠无耻！"

狼在书袋里听了两人的谈话，才明白原来是要杀它，它拼命挣扎，在里面大喊："你们不能杀我，你们不能杀我，你们人类太狡诈了！"接着它又哀求东郭先生说："老先生，我根本就没想吃你，不过是吓唬吓唬你而已，我是有良心的，你救了我，我怎么会吃你呢？你赶快放我出去吧！"

东郭先生再也不听它那一套，举起佩刀，向袋中狼命地刺去，一连刺了数刀，才打开书袋，把狼的尸体从里面拖出来。然后，东郭先生又重新装好书，与老人告别，骑上毛驴，沿着中山国的大道远去。

【赏析】

康海（1475—1540），字德涵，号对山，又号浒西山人，武功（今陕西武功西北）人。明弘治十五年（1502）中状元，官至翰林院修撰，后因宦党刘瑾倒台，他被诬有依附刘瑾之嫌，削职为民。归家后，寄情山水。康海工词曲、擅琵琶，写过不少诗文，著有《对山集》《片东乐府》等。他为明代"前七子"之一，他们提倡"文必秦汉"，"诗必盛唐"，在当时文坛上很有影响。

除诗文之外，康海擅长乐府小令和杂剧。他的《中山狼》取材于马中铭的《中山狼》，时人多认为此剧是影射李梦阳负恩而作。明政德初年宦官刘瑾专权，把康海看作自己同乡，很欣赏他的才华，想招他在自己手下做官，但康海没有答应。后来李梦阳因得罪刘瑾，被捕入狱，将要被处以死刑，他求助于康海。康海亲自拜访刘瑾，用诡辩之辞说服刘瑾放了李梦阳。一年后，刘瑾倒台，康海受到牵连，被罢免官职，而此时李梦阳已受到朝廷重用，却没有站出来为康海申辩，故人们多认为此剧是讽刺李梦阳忘恩负义。

以中山狼为题材的戏剧作品，还有王九思的《中山狼院本》，稍后有陈与郊的《中山狼》杂剧，汪延海的《中山救狼》杂剧（已失），无名氏的《中山白猿》传奇（失传）。

《中山狼》的故事妇孺皆知，似属荒诞，却道出了生活中的某种真谛，有着很深的哲学内涵。迂腐可笑的墨家信徒东郭先生，一生笃信"博爱"，对任何事物都存有爱心。他周游列国，向各国君主游说自己的"博爱"思想，但到了年老也未在哪个国家混个一官半职，晚景很是凄凉。他无家无业，无妻无子，整天骑着毛驴，驮着书袋，在各国之间漂流游荡。一天，他来到中山国，想在这里求个功名，路遇被晋国正卿赵鞅追杀的中山狼，狼花言巧语求东郭先生救命，东郭先生犹豫再三，见狼实在可怜，基于自己一生"博爱"为本，把狼藏在自己的书袋里。赵鞅带着人马赶来，气势汹汹地质问东郭先生狼的下落，东郭先生冒死骗过赵鞅，救了狼的性命。而狼脱离危险后，反过来要吃掉东郭先生充饥，东郭先生左躲右闪，大骂狼忘恩负义。但狼更善于诡辩，颠倒黑白，混淆是非，否认东郭先生救了它，反说东郭先生是害他，非要吃掉这老头不可。一狼一人争执不下，东郭先生提出要问"三老"，若"三老"都说狼应该吃他，他才能认命。前两个问的是老杏树和老牛，他们都各以自己的身世为鉴，回答说东郭先生该吃。后来问到挂拐杖的老人，老人巧施小计，又把狼骗进书袋，点醒东郭先生若盲目讲仁爱就成了愚人，东郭先生醒悟，掏出佩刀，将狼杀死。

《中山狼》是一部以"忘恩兽"为题材的讽刺喜剧。关于"忘恩兽"的传说，世界上许多民族都有，最著名就是"索罗门的瓶子"。然而中西方的"忘恩兽"有着质的区别，《中山狼》一剧更多地继承着中国传统思想文化的积淀。一只小小的野兽就能花言巧语，巧饰辞令，失势时摇尾乞怜，可怜兮兮，得势时便反咬一口，穷凶极恶，这哪里是只狼？分明是个十足的小人！小人是最善于装可怜的，小人行事皆以自己的利益为本，别人施以恩德，那是他装可怜受委屈换来的，他自然不会感恩在心，而是记恨在心，有朝一日要为自己的可怜正名，要向看到自己可怜的人耍一下威风，若妨碍到自身的利益，则会置其于死地，这是典型的小人心理。故事中的中山狼就是这种人，说他忘恩负义是不确切的，因为它并不觉得东郭先生有恩于他，东郭先生救了它，那是它自己努力的结果。它又是说尽了好话，又是在书袋里面受尽了委屈，东郭先生如此为难它，当然有理由吃掉他，用常人的道德观念去衡量狼这样的禽兽，岂不是东郭先生的愚蠢？但狼虽然狡猾，最后还是被杖藜老人骗进书袋，可见狼的智商不过只是花言巧语，善于诡辩，与人的狡诈相差太远了，若是狼换成真的小人，恐怕不是杖藜老人的几句话就能解决得了的。

而东郭先生不识善恶，盲目施仁，狼要吃它，实在是他自找的。他不是不知道狼的凶恶本性，刚见到狼的时候，他还怕狼吃了他，而经过狼的一番巧言花语，他竟然出手相救。以善救善，是善，而以善救恶，则是恶，尤其是他在赵鞅面前那一番辩白，就有点助纣为虐的意思，什么"歧路多亡羊"之类的道理，都搬出来把谎话说圆。如果在前面他救狼时，人们还可以哀其不幸，可到了与赵鞅对峙这一折，他的那番谎言就让人无法容忍了，他是在包庇罪恶。在认识到狼的凶恶性质后，他不积极自救，只会求于别人，若不是碰上拄杖老人，恐怕他早就没命了。而他身上明明有一把佩刀，却不知道拿出来防御，说明他对狼的追赶只会躲避，不会主动迎击，更不会想办法去除掉这恶狼。所以东郭先生这类人，是不能抵制邪恶的，他的善良只是纵容恶的温床，这不是真善，而是愚昧，而真正的善良是维护美好。若东郭先生不知道狼的邪恶，救了它而受其害，犹可让人同情，但他明明知道狼是凶残的，却保护了凶残，其结果与直接作恶无异。所以即使狼吃了他，也是他自食其果。

故事中的拄杖老人是智慧的象征，他一眼看出狼凶恶的本性和东郭先生的迂腐，于是设计除掉恶狼，点化了东郭先生，最后指出世上那些忘恩负义的人都如这狼一般，甚至比狼更凶恶残暴，一番话几乎讽刺了世上所有忘恩负义之徒，使故事的思想水平达到一个新的高度。

"子系中山狼，得志便猖狂。"在本故事中让中山狼得志的，是东郭先生自己，而在现实社会中，让那些狼一般的小人得志的，则是社会制度本身，是整个社会的政治、思想、道德、法律等体系中的种种不合理、不公正，滋生了小人，培养了小人，让小人为害于世。

风 筝 误

明末清初时候，茂陵有个书生名叫韩功勋，字琦仲。生得英俊潇洒，气宇不凡，但又品格内敛，清奇自坚，不随流俗。琦仲自幼父母早亡，由父亲生前的好友戚补臣收留并抚养长大。他酷爱读书，多年的勤奋学习，已是满腹经纶，文采飞扬。已到适婚年龄，只因未遇到佳偶，所以至今没有婚配。

而戚补臣是个非常热心正直的人，对故友的孩子也像自己的孩子一样看待，吃穿住用，无不照应周到，并让琦仲跟自己的儿子友先一起读书，指望他有朝一日能考取功名。韩琦仲对戚老伯的养育之恩非常感激，自己亲生父母都不在了，他便把戚补臣看作父亲，悉心听从老伯的教导。

戚补臣的独生儿子戚友先，生性风流，不喜读书，常混迹于妓院茶楼之中，与韩琦仲的性格迥然不同。他见琦仲整天就知道读书，便笑他痴呆，经常怂恿琦仲到妓院逛逛，而琦仲虽然也向往美丽的女子，但却耻于和妓女混在一起，对妓院那种地方是从来都不去的。他心中向往的女子，应该具有天资和风韵，并且还要有才华才行，并且声称他将来娶妻子，一定要看过对方的容貌，试过人家的才学，满意了才能结亲。戚友先知道自己这位老兄性情古怪，要求太高，便经常打趣地说："只

听说扬州的瘦马可以让人相看，没听说大户人家的女儿可以让人轻易见面的，你就将就点吧，找个门当户对的就行了。"琦仲也知道两人性情不同，也就不在这件事上与他深谈。

再说戚补臣有个老朋友叫詹烈候，进士出身。曾做过西川招讨使，一心想报效国家，但因不会巴结上司，得罪了权贵，被罢免官职，闲居在家。詹烈候家有两个女儿，大女儿爱娟是二夫人梅氏所生，二女儿淑娟是三夫人柳氏所生，正室夫人早已过世，没留下子女。虽说两人乃一父所生，品性却是大相径庭，爱娟相貌丑陋，无才无德；淑娟却是美丽娟秀，才学出众。现在两人都年过二八，尚未婚配。

而詹烈候的两位夫人梅氏和柳氏向来不和，整天争风吃醋，把家里闹得鸡飞狗跳，豆大的事也能吵得翻天。而詹烈候虽然曾经在战场上威风凛凛，但对自己的老婆却是出奇的好脾气，不敢打这个，不敢骂那个，只有每天在二人中间做和事佬。即使这样，詹家仍然是"战"事不断，这年过新年的时候，梅氏和柳氏就因为几句闲话大吵了一架，詹烈候真是拿这两个老婆没办法。

最近，川、广之间番兵作乱，战事又起，朝廷传下圣旨，重新起用詹烈候，让他带兵到边关平息战乱。詹烈候接到圣旨后，打点一下，就准备启程了。临走时，他怕家里两位夫人吵得更厉害，就让人在院子中间砌了一道墙，把整个庭院分成两半，梅氏住东边，柳氏居西边，两不相干，自然就太平无事了，詹烈候很为自己这个主意高兴。后来走的时候，老友戚补臣来为他送行，他又把两个女儿的婚事托付给了老朋友。解决了所有的后顾之忧，詹烈候才放心地走马上任。

再说边关上挑起战事的是一个蛮夷首领，号称掀天大王，此人长得人高马大，骁勇善战。他召集起本部落的人马，盘踞一方，素有进犯中原，夺取天下的野心。如今趁着当今朝廷衰弱，奸臣当道之际，他便大举进兵边关，欲取中原。这掀天大王不但勇猛，还颇有计策，他想若只凭刀剑利器与朝廷军队抗争，恐怕占不了多大便宜。于是他就想出一个主意，派人训练了几百头猛象，交战时，先让猛象上阵冲乱对方的阵脚，再让骑兵跟随其后，这样定能出奇制胜。

象群训练多日后，掀天大王亲自检阅，只见那象群一出来，便横冲直撞、凶猛无比，所过之处无不烟尘滚滚。再命人象合战，骑兵勇猛，左冲右突；象群凶猛，势不可挡。掀天大王见自己的兵马训练得如此成功，心中非常高兴，便下令整顿各路人马，进军直取中原。而詹烈候上任后即将对付的，就是这掀天大王。

回过头来再说那戚家公子戚友先，早就厌倦了读书，整天就想着如何吃喝玩乐，嫖妓赌博。

起初，他还拉着韩琦仲一起玩乐，但每次都遭到琦仲的推脱阻拦，动不动就劝他学诗作文。他也就不再理琦仲，自己找别的纨绔子弟游玩去了。

这时春天已到，清明将近，许多富家公子都在城上放起风筝来。友先看了心里发痒，就也叫家僮糊了一个。风筝糊好后，友先嫌太素净单调，自己又懒得在上面画画，就叫家僮拿给韩琦仲，让他给画上几笔。

而此时琦仲正在戚家花园里品茶看书，但他这几天心里很不平静，老想着自己的婚事没有着落，虽也曾和友先几次出去踏青，见了不少游春的女子，但佳偶难寻，没有一个能让他看上眼的。琦仲心中暗自慨叹：是不是自己眼界太高了？世上没有十全十美的女子？可是若真的能寻得一个才貌双全的佳人，就是晚几年结婚也是值得的。他想着想着，就越发烦闷起来，便随手提笔写了一首诗："漫道风流拟谪仙，伤心徒赋四愁篇。未经春色到眉际，但觉秋声到耳边。好梦阿谁堪入梦，欲眠竟夕又忘眠。"

诗还没作完，家僮就拿着风筝跑进来，喊着让韩琦仲在上面作画，琦仲本来心里就不痛快，这时又被打扰了诗兴，就更没好气，便说："去跟你们大少爷说，裱风筝有裱匠，画风筝有画师，我不会画。就是能画，也不能随随便便画在这风筝上。"家僮见他生气了，便再三央求，说了许多好话。琦仲无奈，虽然无心画画，但又不想难为下人。于是把刚才写的那首诗又续了两句："人间无复埋忧地，题向风筝寄与天"。题在风筝上。写完后，家僮见是一首诗，也不管那么多，只要不空白着就行，拿起风筝就跑了。

这边戚友先正等得着急，见天上风筝都满了，怕他的拿来也放不上去。待家僮跑来后，他就不停地埋怨，又看到风筝上不是画而是诗，就更加气恼地说："这死书呆子，做什么事都讨人嫌，整天就知道写诗，难道打死了人，也用诗来偿命不成？"但抱怨归抱怨，风筝就这一个，不放也没有别的可放。戚友先只得扯开线，把题了诗的风筝放了上去。没想到，风筝一出手就越飞越高，不一会儿就超过了别人的，友先很是高兴。

而此时，詹家西边院里，柳氏正同女儿淑娟闲谈。柳氏望着院中那堵墙，不免想起边关的詹烈候，想边关风霜刺骨，烽火惊心，不知道他一把年纪的人能不能经受得住。淑娟同样惦念父亲，但又怕母亲伤怀，只有劝慰一番。柳氏见春光明媚，便让女儿作一首诗来给她看。淑娟的诗还没作，就看见一个风筝从空中飘下来，正好落在自家的院子里。

拿过来一看，上面还有首诗，两人看罢，柳氏连声赞"好"，就让女儿照着风筝上的诗和上一首。淑娟开始不愿意，但拗不过母亲，只好拿起笔来，稍加思索了一会儿，就在风筝上写道："何处金声掷自天？投阶作意醒幽眠。纸鸢只合飞云外，彩线何缘断日边？未必有心传雁字，可能无尾续貂篇。愁多莫向穷窿许，只为愁多谪却仙。"诗刚写完，东院的一个丫鬟跑来，对淑娟说大小姐爱娟请她到东院坐坐。又见了风筝，便问风筝是哪来的，淑娟就把原由告诉了她，然后把风筝递给母亲柳氏，就和丫鬟一同去东院了。

柳氏接过风筝，看女儿和的诗，觉得淑娟写得也很好。心中又想："一般女子，有才的未必有貌，有貌的未必有才，而我的女儿却是才貌双全，而且品性善良，端庄娴淑，可谓样样俱备，真是难得呀！"自己想着，不由得心下欢喜。

再说刚才戚友先在这边放着风筝，见风筝飞得高，友先非常高兴。可没想到忽然来了一阵风，线又不结实，风一吹就断了。眼见着风筝飘飘忽忽地下来落在一家院子里，友先好不气恼。家僮说："那好像是詹老爷家的宅院，我去讨要。"友先就让他去了，自己又觉得没趣，一甩手，先回家了。

原来柳氏母女捡的那个风筝就是友先的，此时，戚家小僮来到詹家，敲开门后向管家说明情由，管家先带他到东院梅氏那里，问明没有。又到西院柳氏处寻问，柳氏一听是戚家人来要风筝，便把风筝拿出来说："既然是戚老爷家的，那就拿去吧。"小僮谢过，带着风筝就走了，柳氏心中不禁暗想："这戚家公子写得一手好诗，真不愧是将门之后呀！"

等淑娟回来，听说那个风筝被戚家人要走了，便嗔怪母亲做事欠考虑。因为那上面有她写的诗，在当时，女儿家的字迹是不能随便给外人看的。柳氏这才发觉确实不太妥当，但既然人家已经要回去了，又不好再要回来，只得劝淑娟说："那又不是什么淫词邪句，外人知道了也没什么关系，就由它去吧，再去讨要反而是自找没趣。"淑娟也只好作罢。

而这边戚友先见风筝断线了，只得回家。琦仲问他为什么这么早就回来了，他满脸不高兴，说："都是你那首歪诗弄的，风筝没放一会儿，线就断了，落在詹家，已让人去取了。"琦仲也不跟他计较，就拉着他读书，友先是怕被父亲检查课业，才不情愿地坐下来，但书本刚打开，他就趴在桌子上睡着了，琦仲推他也不醒。这时，家僮拿了风筝进来，见戚友先睡着了，就把风筝交给琦仲保管，自己转身走了。韩琦仲接过风筝，发现上面又多了一首诗，读完大为惊叹，觉得比自己那首写得还好，又看那字体娟秀，像是一个女子写的。书僮抱琴提醒他说詹家有个二小姐，不但貌美，诗才也很出众。韩琦仲又把诗仔细看了看，便猜测这诗十有八九是詹二小姐作的。于是他让抱琴把诗揭下来，再给风筝重新蒙一层白纸，以免被友先看到再生出别的事端。

待抱琴按照吩咐，把事情都办完后，戚友先才醒来，他见风筝取回来了，也不多看，拿起风筝就又出去了。他想趁着天早再去放一会，琦仲见他如此贪玩，也拿他没办法，只能由他去了。

戚友先走后，韩琦仲又把诗拿出来细细品味，觉得那诗中并没带什么情意，但那"未必有心，可能无尾"八个字又似乎有些意思，而且诗是从尾韵和起的，倒转过来，好像也有"颠鸾倒凤"之意，这也是因为他自己有心，所以在这猜来猜去。抱琴见他拿着那首诗不放，也明白他的心意，便说："詹家二小姐有才有貌，与相公你正好匹配，你何不再写首诗，也用风筝放进去，探听一下詹二小姐的意思？"琦仲听了，非常高兴，这也正是他心里想的。抱琴又说："等风筝放过去，我就去要回来，如果詹二小姐也对你有意，肯定还会在风筝上再和一首诗的。只是到时候要假借一下戚公子的名义，一则不会被人看轻，二则若惹出事来，有戚老爷的面子在也不会吃亏。"琦仲见他想得周到，更是高兴，就按他说的去做。于是琦仲便让抱琴去糊风筝，自己作起诗来，不一会儿，诗就写好了："飞去残诗不值钱，索来锦句太垂怜。若非彩线风前落，哪得红丝月下牵？"写完后，他自己又读了一遍，觉得比较满意，就把诗题在糊好的风筝上。

第二天一大早，韩琦仲就带着抱琴出去放风筝了，两人到了城郊，抱琴指给他看哪一家是詹家的宅院，他放开线，风筝就慢慢地飘上去了。琦仲也是第一次做这样的事情，心里不免有些慌张，见风筝刚过詹家的墙头，就慌忙松了手。事有凑巧，那天刮得是西风，他刚松手，风筝就顺风落在东边梅氏的院里。而韩琦仲可不知道詹家还有东院、西院之分，见风筝已经落到詹家院里，便松了一口气，回家等消息去了。

而此时梅氏院里，詹家大小姐爱娟刚刚起床，听到外面有动静，便让奶娘出去看个究竟。奶娘一见是风筝，就顺口说了句："原来也是个风筝，上面也有首诗。"爱娟不明白她说话为什么要加个"也"字，奶娘就把昨天听说二小姐拾了个风筝，上面有诗，二小姐还和了一首，后来风筝又被戚家公子要了回去的事告诉她。爱娟正处于待嫁若渴的年纪，她看着周围与她同龄的小姐们个个都结婚生子了，自己也巴不得早嫁个如意郎君，今天见了这风筝，便问奶娘怎样才能与放风筝的人见上面。奶娘明白爱娟的心思，爱娟是她一手带大的，虽然这位小姐相貌丑陋了点，性情古怪了点，但她做奶娘的并不嫌弃，一直尽心竭力为爱娟办事。奶娘心里想：昨一个风筝，今又一个风筝，而且上面都有诗，这事情没那么简单。肯定是戚家公子见了二小姐和的诗，有了心思，今天又放一个进来探听消息。既然如此，我何不将计就计，以假乱真，替大小姐做成这件美事。想到这里，奶娘便附在爱娟耳边如此这般说了一番，爱娟听了非常高兴，同意了奶娘的主意。

于是奶娘来到大门口，把看门的管家支走，自己守在那里。没过一会儿，果然有一个书僮前来向奶娘作揖讨要风筝，这书僮便是抱琴。奶娘起初假意责怪抱琴怎么老到她家要风筝，又趁机问戚家公子对二小姐的诗有何反应。抱琴何等聪明，便说戚公子见了诗后是怎样的废寝忘食，如痴如醉，奶娘也就说她家二小姐见了戚公子的诗后，同样是如何相思成灾，不眠不休。两人的话都说到这个分上，都觉得事情成了大半，只是各自都不知道，彼此说的戚公子并不是真的戚公子，二小姐也不是真的二小姐。

抱琴又向奶娘索要回信，奶娘就编造说："诗已经写好了，只是我家小姐想亲自交给公子，她还有许多心里话要对公子说。天黑之后，你让戚公子过来，我带他去见小姐。"抱琴怕到时公子进不去，奶娘便说她自有办法，让公子放心。抱琴见她说得信誓旦旦，也就回去向琦仲复命了。

韩琦仲听了抱琴的回报，真是大喜过望，他没想到会这么顺利，只是又觉得晚上去会小姐，很是不妥，心里有些慌张。可他不想错过这个好机会，辜负了小姐的一番心意。天黑之后，韩琦仲就来到詹家门外，奶娘早又把管家支走，自己在那儿等候，见一个书生过来了，问明是戚公子，奶娘便把他领到了假二小姐的绣房。

此时，爱娟在房里早把床铺铺好，没有点灯，她独自坐在椅子上，心里也有些害怕。等奶娘把韩琦仲领来，她已经等不及了，上前就把琦仲的手拉住，说："戚郎，戚郎，这两天可想死我了。"奶娘出去点灯，爱娟就来搂抱琦仲，韩琦仲哪见过这种阵势，慌忙闪身说："小姐，我本是一介书生，能与小姐接近，已属万幸。只是我们是以诗文相交，小生没有色欲之想，望小姐从容自重。"爱娟听他说得文绉绉的，根本听不进去，直截了当地说："什么从容不从容的，以后再说吧，今天我可等不及了。"琦仲见她举止轻浮，言语粗俗，与想象的截然不同，不禁心里暗暗吃惊，便又问她诗文。爱娟根本不懂什么诗文，她左右搪塞，最后才勉强背出一首千家诗来。琦仲心里越来越怀疑，仍不依不饶地问她自己写的诗在哪里，爱娟早就不耐烦了，哪里管得了那些，只说："戚郎，春宵一刻值千金，念什么诗呀，等我们把正事办完了，再谈诗也不晚呀。"说着，就把韩琦仲往床边拉。

这时，奶娘进来送了一盏灯，然后又出去了。爱娟则又来拉琦仲上床，琦仲借着灯光，看了爱娟一眼，不由得吓了一跳，心想：这詹小姐怎么长得这么丑，难道我撞了鬼不成？又听她说话文理不通，前天的那首诗会是她写的吗？琦仲越想越觉得不对劲，就站起身来找了个理由要走。

爱娟也借着灯光，看他是一

个英俊的书生，更不肯放他，扯着他的衣服说："来不来由你，放不放可就由我了，今晚除了我们的好事，还有什么大事？不要再说了，我们上床歇息吧。"琦仲见她如此不顾廉耻，也不想与她多说了，就拼命挣脱爱娟的拉扯，可没想到爱娟的力气还挺大，使出全身的劲儿把他往床上拉，琦仲想甩都甩不开。两人正在拉扯的时候，奶娘进来了，她以为时候也不早了，该办的事也应该办完了，所以进来送琦仲回去。韩琦仲见了她如见了救星一般，故意惊慌地说："不好，夫人来了。"爱娟一听，吓得放了手，他趁机跑到门口，骗奶娘说事情已经做完，让奶娘带他出去了。

送走韩琦仲后，奶娘回来，爱娟生气地骂了她一顿。她本以为自己立了功，却没想到是吃力不讨好，但又没有办法，只得又劝解安慰了爱娟一番。

而韩琦仲逃出詹府后，是惊魂未定，后悔不已，没想到一场相会竟是如此不堪。心想以后一定要记住这次的教训，不能轻信传言，更不能只凭一首诗就定下终身，一定要眼见为实才行。今年是大比之年，还是科考要紧，于是韩琦仲决定进京赶考。

再说詹烈候新年过后，日夜兼程来到边关，他一边派人侦察敌情，一边传令召见各路将领，清点军队。没想到站到他面前的将帅全是老弱病残，个个都是无用之辈，一问才知道这些人本是太平时候花了银子来这享福的，却没料到来了就遇到战事，他们都束手无策。再看看那些士兵，个个都盔甲不整，有气无力。简直是将不成将，军不成军。詹烈候知道边关上没有精兵强将，但也没想到竟是这种地步，他心里不禁涌起一阵悲凉。但他是个有雄心大志的人，既然来到这里，就不能罢手不管。詹烈候下令整饬军队，先休养生息，以守为攻，重新挑选出有勇有谋者做各路将领。备足粮饷，严肃军纪，违令者严惩不贷。各将士见詹烈候治军严整，赏罚严明，都甘愿听他调遣，整个军队才有了些士气。一会儿探子来报，说敌军兵强马壮，来势凶猛，并善用"象战"，已经攻陷了沿山一带城池。詹烈候一听，知道敌强我弱，进攻、防守都很困难，便一面写好讨战檄文和招安榜文，虚张声势，使敌人难料虚实，另一方面赶紧启奏朝廷请求救援。

一时间援兵也来不了，詹烈候便用计谋与那掀天大王周旋。他不愧是久经沙场的老将，经过一段时间的调整，边关军队虽然兵将不强，但也各司其职，各尽其用，整个军队治理得军纪严明，井井有条。

而那掀天大王一路过关斩将，所到之处无不望风披靡，许多城池都落在他的手中。这一天，他来到詹烈候据守的城下，也没怎么把詹烈候放在眼里，他让手下人赶制了云梯、大炮，准备发动一场大规模的进攻。詹烈候知道敌军锋头正锐，不能跟他们正面较量，便从军中挑选出三个精壮的士兵。一个画成红脸，扮成关帝圣君；一个披上火焰，装作火德星君；另一个接上三头六臂，扮作

太岁星君。詹烈候命令他们分别把守东门、西门和南门，并交代了具体的任务，三人领命而去。

掀天大王进攻时，也是兵分三路，分别进攻东、西、南三门，因为北门有水，不易攻取，便首先放弃。掀天大王自己带领一路军马攻打东门，派手下两员将领分别带兵攻打西、南两门，他想几个城门一起攻破，这座城池便一举拿下了。先说掀天大王带领人马来到东门外，见城门把守空虚，动静全无，以为城中的人都吓得躲起来，不敢出来了。他心中暗自高兴，便派人搭起云梯，爬上城墙，结果爬得最快的那个刚登上城头，就不知道被谁砍了脑袋，下面的人还不知道怎么回事，抬头一看，只见"关帝圣君"出现在城门上，手里还提着一个人头。众人都吓得从梯子上掉下来，赶紧磕头。掀天大王一见，也吃了一惊，虽然他们是蛮夷之人，但与中原交往频繁，对中原的这些神灵也都是信奉的。以前从来没碰到过这种事，掀天大王以为今天触怒了关帝老爷，于是不敢再攻，下令撤兵赶往其他城门了。而城上的"关帝圣君"见敌军走远，知道任务完成，也就提着人头下去领赏了。

掀天大王本想带人到南门，看南门攻破了没有，结果半路上就碰到攻打南门的人马仓皇逃来，向掀天大王禀报说，他们本打算掘地道攻入城中，没想到"太岁星君"出现在地道洞口，杀了领头的人，他们怕是得罪了太岁，就赶紧跑回来了。掀天大王听了又吃了一惊。这时，攻打西门的人也狼狈地逃窜回来了，说他们炮攻西门，看见"火德星君"立在城头，不但没攻了城，反被城里的炮打得死伤无数。掀天大王又惊又怒，心里觉得蹊跷，但又怕真的冒犯了神灵，于是只好下令收兵。那些兵卒听大王一声令下，个个跑得飞快，生怕逃不了命。詹烈候见敌军已退，又派人在后面擂鼓，造成浩大声势，掀天大王不知道对方到底有多

少兵马，一时也不敢前来进犯。

再说韩琦仲自从与詹家大小姐爱娟相会后，又惊又恼，婚姻大事难成，于是他决定上京赶考。临走时，戚补臣一家为他送行，补臣一心望他能考取功名，再三叮嘱他事事小心。琦仲谢过戚老伯，就转身上路了。

一路上风餐露宿，韩琦仲来到京城，没过几天就参加了科举考试，皇上亲自出题亲自监考，考题为："如何平叛异族入侵"。琦仲直言当朝的一些弊病，又细说制敌的一些良策，言词恳切，谋略超群，洋洋洒洒，成就佳篇。下了考场后，琦仲便回客店休息，等候科举揭榜。

这晚，琦仲睡在客店里，恍惚间做了个梦，梦见爱娟又来拉扯他上床，旁边还有奶娘帮忙，他吓得大喊救命，后来有报子来报他中了状元，才把他从梦中惊醒，店里的许多人都来向他贺喜，他才明白自己中了状元。这也是因为那晚他被爱娟和奶娘的行为惊吓过度，一直耿耿于怀，才在这里做了这个梦。

韩琦仲中了状元的消息，很快传了出去，又听说他还没有婚娶，京城里的媒婆便纷纷出动，要给他提亲。其中有"张铁脚"和"李钻天"，两人是能说会道，能跑能钻，其他的媒婆都比不上她俩。为了给状元公说亲，两人还差点打起来，后来状元的仆人说状元要亲自看过小姐的容貌，中意了才能下聘。这两人一听又忙活开了，等韩琦仲披红挂绿、骑马游街的时候，她们带着说亲的小姐，在临街杂楼上等候，让韩琦仲过来时看上一眼，如果不满意就赶快换下一家。就这样，两个媒婆拉了一个又一个小姐，韩琦仲骑马游街相了一天的亲，结果这位状元一个也没看上。最后，媒婆和小姐都沮丧地回家，韩琦仲也失望地回府。

琦仲没想到满京城的姑娘小姐，竟然没有一个能让他满意的，心里很是郁闷，为自己的婚姻大事烦心。这时，有圣旨传下，皇上赐尚方宝剑一口，命琦仲即日起程，带领三军到边关助剿乱匪。琦仲不敢怠慢，只得将婚事暂且放下，准备停当，就带兵向边关进发了。

而家中的戚补臣自琦仲进京应考后，没有任何音信，心中很是担心。又看到自己的儿子友先整天就知道吃喝玩乐，没有琦仲的督促，一眼书都不看了。补臣拿他没办法，便想给他娶一房媳妇，或许成了亲，儿子就能收收心了。想到这里，戚补臣才又想起老友詹烈候出征前曾把两个女儿的婚事托付给他。他也听说詹家大女儿无才无貌，二女儿却是才貌双全，又想到自己的儿子和琦仲，心中惦量了一下，想道：不如就将大的配给友先，小的配给琦仲，这样倒也般配。他很为自己这个主意高兴，于是就叫来媒婆到詹家提亲。但他又转念一想，琦仲这次进京赶考，不知结果如何，万一考中了在那边定下亲事，不就两边都耽误了吗？所以他又叫媒婆先替友先说亲，琦仲的婚事等以后再说。

这边媒婆刚走，一个报子就气喘吁吁地进来向戚补臣禀报，说琦仲中了状元。戚补臣听了是欣喜若狂，赶忙让家人给报子拿谢礼。报子走后，戚补臣心里感慨万千：当年抚养了这个孩子，如今总算有了出息，自己这些年的辛苦没有白费，也对得起朋友了。

再说媒婆到了詹家，梅氏一听是戚家求亲，非常高兴，就满口应承下来，只因詹烈候不在家，办不了嫁妆，所以两家商定，暂时先在詹家举办婚礼，等詹老爷回来，再搬回戚家住。这些都是小事，双方又是世交，所以都互相忍让，也不斤斤计较。

等到成亲那天，詹家好不热闹，双方的亲朋好友都来贺喜。一天的喧闹过后，友先来到洞房，急急忙忙掀开新娘的盖头，他本以为自己娶了个如花似玉的美佳人，却没想到竟是个凹眼塌鼻的丑婆娘，友先见了，简直觉得她丑得不能再丑，气就不打一处来，闷声不语地坐在那里。

而爱娟还以为跟她成亲的就是去年那个放风筝的人，但又觉得他不如以前那样英俊，便说："戚郎，怎么一年不见，你就变苍老了？那天晚上，我们正在说话，奶娘进来，你说是夫人来了，就跑了出去。你可知道，这些日子，我一直都在想你。"

戚友先一听，肺都气炸了，拍着桌子大骂："好你个不知羞耻的淫妇！你瞎了眼吗？我什么时候来过你家？又什么时候碰到过奶娘？原来你还在背后勾引汉子，让我在这儿做乌龟王八，这婚我不结了！"说着，就叫人备轿回家，梅氏在隔壁听到喊声，就赶忙过来，问出了什么事，友先说："你家的女婿我不做了，问问你的好女儿都做过什么事。"梅氏非常吃惊，便问爱娟，爱娟只得把那晚与琦仲相会的事都一五一十地说出来。梅氏又惊又气，大骂女儿的不是，又劝友先息怒，许诺他以后若对爱娟不满意可以随意娶三妻四妾。友先经梅氏再三劝解，气就消了一些，知道再闹下去也没有什么好结果，所以又吵嚷几句也就算了，这一晚的事才算平息下来。

两人成亲不到一个月，友先就闹着要娶妾，爱娟虽不乐意，但因为

有把柄在他手里，也不敢说"不"。一天，友先偶然看到淑娟，不觉惊呆了，他没想到自己老婆那么丑，而老婆的妹妹却是如此花容月貌。从此，友先就惦念上了淑娟，还在墙上挖了一个小洞，找机会就顺着小孔往西院张望。不久，这事就被爱娟知道了，她想：不如趁机将计就计，也抓住友先的把柄，以后好控制他。于是她答应友先帮他把淑娟弄到手，但不许他以后再讨小妾。友先当然同意，于是两人密谋一番，开始按计行事。

第二天，淑娟起来梳洗完毕，便开始坐在房里做针线活，她已经知道姐姐爱娟嫁的就是那放风筝的戚公子，当初看那风筝上的诗，还以为戚公子是怎样一个英俊潇洒的人物，没想到那天在二娘梅氏房里见到，却是其貌不扬，再普通不过。淑娟还看到友先替丈母娘写的信，十个字里面能错三个，淑娟便知道那诗肯定不是他作的，还不知道是哪儿捡来的呢？幸亏这等人物配给了姐姐，要是换了别人，不是要误了终身吗？淑娟想着想着不觉也笑了。

这时，爱娟的奶娘过来，请淑娟过去赏花。淑娟本不想去，奶娘便说姑爷戚友先回家看望父亲了，没什么不方便的，淑娟这才同奶娘过来。爱娟见淑娟来了，故意显得很亲热，又是拉妹妹的手，又是让人看茶。然后带她去看院中新开的并蒂莲。两人赏了半天花，又回到屋子里闲聊一会儿，爱娟借故走开，出去时随手就将房门锁上了。此时淑娟还不知道自己正被人算计，藏在房里的友先听到爱娟已经出去了，便迫不及待地从暗处蹿出来，上前就把淑娟抱住。

淑娟吓了一跳，质问他为什么会在这里，友先想她此刻不从也得从，也就没什么好怕的了，便把事情原委都跟她说了个明白，说完就又要来搂抱淑娟。淑娟又气又怕，几番挣扎，情急之下，瞥见床头挂了一把宝剑，就顺手把剑抽了出来，对友先说再不放她出去，就用剑砍了他。友先起初以为她不敢，没想到淑娟唰唰几剑差点要了他的命，他这才吓得喊爱娟开门。爱娟进来，淑娟气愤地说："我和你是亲姐妹，平日里有什么冤仇，你竟然用这样的圈套来害我？咱们到你母亲面前说个明白！"爱娟见淑娟动了真格，知道自己理亏，便跪下来求淑娟不要声张。淑娟虽然一向不怎么喜欢爱娟，但还尊她是姐姐，可今天出了这种事，她的心也就凉了，便说："不告诉你母亲也罢，只是你我的姐妹情义也就此了断了。"说着，把剑一扔，头也不回地走了。

淑娟走后，房里又剩下戚友先和他的丑妻爱娟，戚友先见白忙活了一场，也未成就好事，还遭淑娟数落记恨，心中好不懊恼，嘴里直骂他老婆为什么非得把一把破剑挂在床头，坏了他的好事。爱娟说："该做的我都做了，她不从是她的事，你这样的'才子'，也只能配我这样的'佳人'，以后'娶妾'二字，你就别想再提了。"这两人真是半斤对八两，不相上下。

回过头来再说詹烈候在边关上与掀天大王对峙，虽然一再用奇计击退敌军进攻，但只能守住城池，不能把敌军彻底打败。而且掀天大王的"象战"真的特别厉害，稍有不慎恐怕城池也难保住。詹烈候多次上书朝廷，请求援兵，但在边关上苦撑了将近一年，也不见有人来。最近听说，皇上派了今年的新科状元前来助战，过几日就到边关了，詹烈候心想：一介书生，能帮得上什么忙？ 但既然人已经来了，就得迎接。

而韩琦仲领了圣旨后，便带领三军日夜兼程，赶到边关，詹烈候出城门迎接。两人见面后，先是嘘寒问暖客套了一番，后来谈起战事，韩琦仲说得头头是道，不由得让詹烈候刮目相看。琦仲听詹老将军说敌军的"象战"最是厉害，他又详细了解了几次作战情况后，心中就有了主意，便说："人见了象要躲，而象见了狮子也会掉头逃跑。不如我们就做几个狮头面具，让军中将士戴上，等交战时，那象群辨不清真假，见是狮子，便会吓得跑开。这样敌军必然会溃乱，我们趁机追杀，定能一举取胜。"詹烈候听了非常高兴，没想到这个文弱书生竟能想出如此妙计。

于是吩咐手下军兵按琦仲说的去做。果然不出所料，待掀天大王再次带着他的象群前来挑战时，詹烈候就让自己备好的"狮子"迎击了，那象群一见狮子亮相，吓得掉转头就跑，结果几百头猛象如洪水般向后面冲来，冲乱了掀天大王的阵营，踏死了不少士兵。掀天大王一向以自己的"象战"自鸣得意，哪里料到对方会出这样一招？ 他一时间不知道该如何指挥，只见手下的兵将只顾躲避受惊的象群，哪里还顾得上应战？ 整个大军顿时乱作一团。詹烈候趁机下令围剿，可怜掀天大王筹备多年的兵马，一时全部溃败，死的死，逃的逃。那掀天大王在几个亲信的护送下，逃命去了。

　　这次一战，官军全面大捷。庆功宴上，詹烈候开怀畅饮，转头看到少年有为、意气风发的韩琦仲，不由得想起前几日戚补臣来信说，大女儿爱娟已经成亲，而二女儿淑娟还没有着落，便有意将淑娟许配给琦仲。于是他席间借故离开，让同席的巡按大人做媒。这巡按大人也是个热心肠的人，乐得成全这样的好事。趁詹烈候离席，他就对琦仲说了此事。琦仲一听是詹家二小姐，便是一百个不乐意，心想：那二小姐是何等人物，我早就领教过了。于是他推托说自己是戚补臣养大，没有戚老伯的准许不敢自己应承婚事。巡按见他如此说也就不好再说什么，回头就把情况告诉了詹烈候。詹烈候一听，心想：这有何难？只要给补臣老兄写封信，让他做主不就成了？于是马上修书一封，派人给戚家送去。

　　再说朝廷也收到捷报，知道叛军已平，龙颜大悦。皇上命韩琦仲先班师回朝，让詹烈候再在边关驻扎一段时间。于是琦仲回朝复命，皇上非常欢喜，准他回家探亲。韩琦仲回到戚家后，戚补臣非常高兴和欣慰，便忙着为他张罗与詹家二小姐的婚事。此时补臣早已接到詹烈候的信，为琦仲到詹家下了聘礼。韩琦仲一听就急了，坚决不娶詹家二小姐，戚补臣再三劝说都不行。补臣没想到一番好意竟遭到拒绝，也火了，骂道："小畜牲，我的话你也不听了，当初要不是我养了你，你现在还不知道在哪呢！别以为你做了官，我就做不了主了，这婚事你同意也得同意，不同意也得同意！"戚补臣只知道詹家二小姐与琦仲品貌相当，哪里会知道这其中还有一出风筝戏呢？琦仲一见老伯父真动了气，就不敢再说什么了，这些年他由戚补臣养大，戚补臣的话就是父命，再怎么说他也不敢违抗父命，惹老伯父生气。

　　第二天，琦仲按照戚补臣的意思来到詹家，别别扭扭地同淑娟举行了婚礼。入洞房后，他实在不想再看那新娘的面，便一个人倒在床上睡了。淑娟不知道为什么会这样，就去找母亲柳氏。柳氏也觉得新郎在婚礼上就怪怪的，好像极不情愿的样子，于是便过来向琦仲问个究竟。而琦仲一直以为今天和他成亲的就是去年见过的那个爱娟，他心里那个怨气，脸上那个怒气，谁都能看出他不痛快。起初他还不好直说，被柳氏问得急了，才说出去年之事，说这二小姐当时是如何如何轻浮放荡。

柳氏听了又惊又怒，便回去质问女儿可曾做下丑事。淑娟觉得莫名其妙，大喊冤枉，只说除了和了那一首诗，别的什么都没做过。柳氏也觉得自己女儿不会是那样的人，于是让两人再见面，互相认认，看是不是有什么差错。韩琦仲本来不屑于再看，只是借着灯光瞟了一眼，结果却让他大吃一惊，没想到眼前竟是一位闭月羞花、冰清玉洁的仙子般的人物，真是"众里寻他千百度，蓦然回首，那人却在灯火阑珊处"。琦仲顿时傻眼了，半天不知道说什么好，等他回过神来，连忙向柳氏赔罪："小婿该死，是小婿认错了。"

柳氏当然不跟他计较，嘱咐几句就回房去了。但淑娟可不愿意了，平白无故被人冤枉，任凭韩琦仲说了一千一万个"该死"，她也是站着不动，直到把那新郎官急得要给新娘下跪，她才转过身，破涕为笑，两人成了一对恩爱夫妻。

琦仲和淑娟成亲后的第二天，有人来报说詹烈候就要回家了，因为他征剿叛乱有功，已升职为大司马，皇上准他回家探亲。詹家上下一听都高兴得不得了，东院的梅氏带着友先、爱娟，西院的柳氏带着琦仲、淑娟，全家一齐来到大堂等候。琦仲与爱娟打了个照面，双方都吃了一惊，彼此认出对方就是去年相会的那个"戚公子"和"詹二小姐"。琦仲又看见奶娘也出现在爱娟身边，心里便都明白了，于是转身对淑娟低声说："夫人，如今不但假莺莺认出来了，连假红娘我也看见了。"淑娟不明白他的话，琦仲就指了指爱娟，说大厅里出现的人已经与去年见到的人对上号了。淑娟不听则已，一听不由得怒火顿起，心想：好呀！前几日害我差点被辱，昨日又陷我无故受冤，都是这好姐姐干出来的。她"腾"地一下站起来，就说要去告诉母亲，琦仲忙拦住她说："夫人，你要是说出来，那戚友先不是要说我调戏他的妻子吗？"淑娟哪里肯听他的话？跑到柳氏面前，小声嘀咕起来，一边说一边指点着爱娟。这边戚友先一看也慌了，以为淑娟在跟她母亲说那次看花的事情，心想：万一她们声张起来，韩琦仲岂不要怪我调戏他的妻子吗？这两个女婿都各有鬼胎，怕事情败露。此时，柳氏高声叫了一句："竟有这样的事，真是不知廉耻。"两个人知道瞒不住了，便都想引对方出去，琦仲先对友先说："戚兄，老岳父回来了，我们应该到郊外去迎一迎。"友先巴不得他说这句话，就连忙说"好"，便赶紧和琦仲出去了。

两个女婿走后，柳氏和梅氏免不了又大吵一番，闹得要去禀告老爷詹烈候。梅氏知道是自家理亏，便只能求和。也毕竟是一家人，真闹掰了，谁都不好，于是到最后也就又和好了。这时，外面锣鼓喧天，琦仲和友先拥着岳父詹烈候回来了，詹烈候知道两个女儿都成了亲，非常高兴。戚补臣听到消息，也从家里赶来，大家互相拜见。詹家人，合家团圆；两家人，欢天喜地。

【赏析】

李渔(1611—1680)，字笠鸿、谪凡，号笠翁、笠道人、新亭樵客、湖上笠翁等，一生用过十几个名号，浙江兰溪下李村人。自幼天资聪颖，有才学，少时遍游四方，晚年移居杭州西湖，一生未取功名，是个布衣之士。李渔是明末清初一位有成就的戏曲理论家和剧作家，一生著作很多，有《一家言》十六卷、评话小说十二卷、《无声戏》，还编有《名词选胜》《尺牍选》《诗韵》《资治新书》三集、《芥子园画谱》初集等。李渔创作的剧本有十八种，其中以《风筝误》《奈何天》《比目鱼》等十个剧本集《笠翁十种曲》比较有名，这些剧本的共同特色是情节新奇，结构紧凑，排场热闹，曲文浅显易懂，适合舞台演出。据《毗梨耶室杂记》载："笠翁词曲，有盛名于清初。十曲初出，纸贵一时。"

《风筝误》是《笠翁十种曲》中最脍炙人口的一部戏，它以风筝为姻缘线索，经过一系列的巧合和误会，最终成就才子配佳人，皆大欢喜。书生韩琦仲父母早亡，由父生前好友戚补臣养大，性格耿介，才华出众，而补臣之子友先却是风流成性，不好读书。戚补臣的老友詹烈候家有梅、柳二妾和爱娟、淑娟两个女儿，梅氏、柳氏常年争风吃醋，詹烈候在去边关赴任之前，为避免两位夫人争吵，在自家院里筑了一道墙，把梅、柳二人分开。清明时节，戚友先到城上放风筝，让韩琦仲在风筝上作画，韩遂将一首抒发郁闷之情的诗题在风筝上。戚生放风筝断了线，落在詹家西院里，被柳氏及其女儿淑娟拾得，柳氏见上面有诗，便让淑娟和了一首。后风筝被戚家书僮索回，因戚生正在睡觉，书僮将风筝交给韩生。韩见和诗为女子手笔，又得知詹家二小姐才貌出众,猜度诗为詹二小姐所作,心生爱慕,遂另做风筝,题一首情诗于上,也放入詹家,并令自己的书僮假借戚生之名前去索要。但偏巧风筝落入东院梅氏处,被大小姐爱娟拾得。爱娟待嫁若渴,乳母设计,假冒二小姐之名,与韩生书僮会面,约韩生晚间与小姐相会。韩生以为约自己相会的是和诗的才女,欣喜赴约;爱娟以为韩生就是戚生,焦急等待。乳母将韩生领进爱娟闺房,爱娟言语粗俗,行为放荡,韩生让其作诗,爱娟一首也作不出,韩生心生疑惑,后乳母拿盏灯来,韩生见到爱娟奇丑,惊慌逃跑。戚补臣想起老友詹烈候所托,遂让儿子娶爱娟为妻,并打算让韩生与淑娟配对成双。戚生与爱娟成婚之夜,一个嫌其貌丑,一个露出风筝幽会的马脚,洞房里闹得不可开交。后来,爱娟见戚生慕淑娟貌美,为笼络住丈夫,便同意让戚生勾引淑娟,夫妻二人设计欲诱奸詹二小姐,结果遭到淑娟坚拒,并用剑吓走戚生,二人奸计未得逞。韩生自被爱娟丑貌惊吓后,不再轻易相信传言,他入京考中状元,到边关与詹烈候一起抗敌,取得胜利。詹烈候欲将淑娟许配给他,韩生推辞。詹又致信戚补臣,请他玉成此事,戚补臣便为韩生向詹家送去了聘礼。韩生归家后,坚决不娶詹二小姐,但遭到戚补臣责骂,无奈与淑娟成亲。洞房之内,韩生以为淑娟就是曾见过的爱娟,心中十分不快,倒头自睡。淑娟不明就理,请来母亲,在柳氏的要求下,韩生勉强揭开盖头,见到的竟然不是丑妇,而是一个梦寐以求的如花佳人,他惊喜万分,自此解开"风筝之误"。

《风筝误》以"关目新奇"和"针线绵密"著称,整个故事以风筝为线索,引起一系列巧合和误会。戚生放风筝,却是韩生题的诗,淑娟和了诗,风筝被索回,本是戚生的风筝,却又落在韩生手里,这是第一个巧合。韩生见诗起心,慕淑娟才貌,另做风筝,却掉进梅氏的院里,被爱娟拾得,这是第二个巧合。真是无心插柳,却有花发,待有心栽花,却另生别柳。韩生把爱娟当成淑娟,爱娟把韩生当成戚生,这是第一个误会。后来爱娟又把戚生当成了韩生,这是第二个误会。而最后,韩生把淑娟当成爱娟,这是第三个误会。最后误会解除,所有误会穿起来又终成巧合,乃误会之巧合也。苦苦寻觅,层层叠嶂,条条线索交错,本要成一团乱麻,却又乱极自解,遂成顺畅,才子得配佳人,真是"众里寻他千百度,蓦然回首,那人却在灯火阑珊处"。

《风筝误》不但写了青年男女的婚恋纠葛,还另写了他们的婚恋观念。韩琦仲作为封建社会的文人,虽未摆脱考取功名的名位观念,但功

名只是配角，也没有用它为爱情开道，而故事中主要突出的是他在恋爱婚姻上的不随俗、不苟合的情怀和品质。他要求自己的伴侣不但要有才有貌，还要有美好的品质，所以他不逛妓院，面对放荡无知的爱娟的百般挑逗，以及老伯父的逼婚，都坚决不为所动。尤其是经过"惊丑"的教训后，他深有感触地说："不可听信风闻语言，不可拘泥娶名家闺秀"，"不以门楣高下为转移，不为蛊惑语言所左右，严肃对待，认真行事……"这种主动追求，又严格要求的婚姻恋爱观都是值得肯定的。

女主人公淑娟温柔端庄、知书达理，虽未明写她在和诗时对写诗人的感觉，但在爱娟成亲后，对姐夫戚生的暗自评价，则充分表明她曾经把戚公子想象成风流潇洒的书生，待真正见到戚生后，则料定那风筝上的诗不是他写的，这说明淑娟心里头也是爱才的。后来戚生对她欲行不轨，她坚决拒绝，并且以剑相逼，勇敢刚烈之气凛然于身，若让淑娟委身于无德、无貌的戚生，她是决然不从的。

在婚恋观上，《风筝误》中既保存了门当户对，更坚持才当貌对。两者相互矛盾，又相对并存。才当貌对虽不是一种正统观念，却作为一种个人追求爱情的标准而被人们在实际中承认，这在韩生身上体现得非常明显。但他又不能完全抛开门当户对的压制，他才高自傲，要寻一个才当貌对的佳人为伴侣，但往风筝上题情诗时，还是接受家僮建议，假借戚生的名，怕自己人穷诗也被看低。而爱娟虽和淑娟同是宦家小姐，与戚生可以门当户对了，但也自认才不惊人，貌不动人，因而冒淑娟之名，约书生密会。门当户对与才当貌对相斥相存，前者虽在婚恋中占主流，但后者也渐趋上风，最终美配美，丑配丑，也算皆大欢喜。

《风筝误》作为喜剧，结局自然是"有情人终成眷属"，"合家欢聚"，但作者没有像别的剧作家一样把大团圆的过程写得充满艰辛、曲折，也没有着力渲染痛苦以强化结局的欢喜，而是情节曲折却不庞杂，喜忧相伴但无悲伤，不让读者经历故意创造出来的苦痛之感，而是给人彻头彻尾的轻松和无忧无虑的快乐，以乐忘忧，以此形成纯纯粹粹的喜剧。

绿 牡 丹

南宋初期，浙江吴兴，有个书生名叫谢英，字瑶草。祖籍河南，后来先辈南迁，在吴兴落了户。谢家世代以诗书传家，不重积财，到谢英这一代，已是家徒四壁，一贫如洗。因父母早亡，迫于生计，连几间房舍也卖给了别人，可叹谢英少年英才，空有满腹诗书，却无安身立命之地。

当地有个浪荡公子柳希潜，曾和谢英做过同窗，但却不是个爱读书的主儿，整日里吃喝玩乐，游手好闲。一天他突发兴致，要请个陪读先生，就请了谢英。谢英虽不愿意寄人篱下，但为了能找个栖身的地方，也就来到柳家城外的书馆。再说那柳希潜请人陪读，也不过是附庸风雅装装样子而已，开馆都一个多月了，他也没有到过一次。谢英一个人在书馆内，四周环境清幽，倒也落个清闲自在。

这一天是文会之期。所谓文会，就是文人结社，赛诗论文，以文会友，是文人之间的风雅之事。谢英早早在书馆里准备好笔墨，等柳希潜等人前来，结果左等右等都不见人影，只好自己埋头作文。快到中午时，柳希潜才来到书馆，他也是因为自从请了谢英，一直没有来过，怕谢英怪他故意冷落，今天才过来看看。柳希潜见谢英坐在那儿专心作文，喊他都没听见，就想捉弄他一下。他悄悄走到谢英身后，把人家的衣带绑在桌腿上，然后大喊一声，谢英吓了一跳，猛地一起身，差点把桌子带翻，十分尴尬。柳希潜哈哈大笑，谢英无奈，又不好和他计较，于是让他坐下来做文章。柳希潜一听写诗作文，头就大了，推三阻四地不想写。这时，柳希潜的酒肉朋友车本高来叫他玩乐，结果也被谢英留下来参加文会。

其实车、柳二人都是纨绔子弟，从不喜爱读书，却偏偏爱附庸风雅，冒充文人。此时谢英让他们做文章，虽然二人心里十分不情愿，但碍于面子也不得不坐下来铺纸研墨。谢英说："既然大家一起作文，结成文会，就要遵守文会的规矩。一、每月三、六、九日，按期集会，风雨无阻，不到者受罚。二、作文限时完成，拖延时间者要罚。三、作文时不专心致志，随意走动闲谈者要罚。四、剽窃别人，私藏夹带或传递者要罚。"那两人听了如此严格的会规，连连唏嘘，说："这也太严格了，能不能宽松些？"谢英说："自古做文章就要呕心沥血、匠心独运，严格一些才能做出好文章。"又说："我们这个文会大家轮流出题，这次就由我来先出。"于是他拿出"牡丹赋"一题，结果车、柳二人一个念成："壮舟贼"，一个念成："杜再贼"。谢英大笑，然后为他们纠正。两个人明明不认识那几个字，还要为自己的面子辩解一番。谢英也不理他们那些，只说："两位都不要说话了，还是专心写文章吧。"

说完，自己奋笔疾书。车、柳二人哪里会做文章？一个摇头晃脑，一个假装低吟，要不就在纸上胡乱涂上几笔，消磨时间。等谢英的文章写好了，二人面前的纸上只有一团团墨渍，不见有半个字出来。谢英催促他们快写，他们就连连叫苦叫累，后来实在熬不住了，就都站起来说："今天文思不畅，不写了，就认罚吧。"谢英说那样的话要罚每人一两白银。车本高又问："如果赖着不出，会怎么样？"谢英回答："那以后就不准再入会了。"两人一听，这样倒清净痛快，于是又拿过谢英的文章，装模作样地评点起来。

这时，又有人敲门，原来是谢英的好友顾粲到了。顾粲，字文玉，谢英的莫逆之交，才华横溢，文采风流。顾粲见这里人员众多，文会兴盛，便索要各位的文章来看。车、柳二人自然又是一番推托，说："今天文思欠佳，明天补上。"于是顾粲只看了谢英的文章，看完后连声赞"好"，又说："这首《牡丹赋》写得太好了！后天我送到宙合大社，一定能夺得冠军。我这就把它拿去刻印。"说着，就把谢英的文章放进衣袖里，柳希潜问："什么是宙合大社。"顾粲告诉他，是征集天下文人名士的文章汇选成社，而且已经征集很多了。二人一听，这是个显身扬名的好机会，就纷纷求顾粲也把自己的文章拿去刻了，顾粲便推托说："目录已经刻好，不能再随便多加。"车本高则说："刚才谢兄的文章你不是也拿了去吗？大不了我们多出几两银子作刻费。"顾粲笑着说："我做这个工作可不是为了几个钱的。"两人一听都不高兴了。柳希潜说："小顾你也太傲气了吧，摆什么文坛宗主的架子？你以为你是谁？动不动就教训起人来。"车本高也说："我们也用不着你来抬举，恐怕刻了那些无名选手的文章，连纸都不值钱了。"谢英本想打个圆场，但两人说完就扬长而去，就此与顾粲结下梁子。他们出了书馆的门后，心想：这顾粲竟然不把我们放在眼里，太放肆了，若以后再遇到考试，一定要考在他前头，以解心头之恨。这两人都想到一起去了，于是嘀咕着以后要伺机报复，羞辱顾粲。

而留在书馆的顾粲也很懊恼，没想到几句爽直的话就得罪了两个无赖。谢英在一旁劝道："算了，不要跟这种人一般见识。"又岔开话题说："宙合大社的选本将要刻成，不知道请什么人来作序？"顾粲本想请谢英帮忙，但谢英推辞说自己不行，这需要一位德高望重又学问深厚的人来写，于是推荐本乡的沈省庵老先生，说："沈省庵是我们这儿公认的大儒，可谓是真正的文坛宗主，请他作序再合适不过了。"顾粲听了点头同意，说："他与我家是世交，明天我就去拜见，应该不成问题。"然后两人又谈了一些文章上的事情，顾粲就起身告辞了。

他们提到的沈省庵，名重，字子肩，别号省庵。世代居住吴兴，曾官至翰林院学士，如今已告老还乡，每日以作诗弄文为乐。沈重膝下无子，只有一个女儿名叫婉娥，生得容貌秀美，性情温柔，既擅长女红，又极有才学，沈重爱如珍宝。一天，沈重见花园里牡丹开得繁盛，就与婉娥一起赏花。沈小姐备了酒菜，对沈重说："孩儿虽然不是男儿，也一样可以陪爹爹花前饮酒，为爹爹助兴。"父女俩把酒问盏，说着贴心的话。酒过三巡之后，又一同到庭院赏花。沈家花园里培植了上千株牡丹，品种多样，妖娆非常，除了常见的红、黄、紫几种颜色外，还有几株非常罕见的绿牡丹。沈重说："这绿牡丹，花谱上记载：唐朝一位花师宋仲儒会用幻术变改花色，才传下这种牡丹，极为名贵。我儿该作首小诗来赞它，也不枉这花开得如此国色天香。"婉娥也极爱这卓而不群的绿牡丹，便从命作了小诗一首："小饮花前好句催，匆匆愧乏谢家才。春衫不共花争艳，翠袖今从别样裁。"

沈重看了，高兴地说："真是花为诗活，诗为花留！我看只有这花才能配得上这诗，也只有这诗才足以称赞这花。哈哈，不愧是我女儿作的诗。"说完，又让丫鬟斟酒来，把酒都浇到花下，父女俩又接着品花论诗。正说笑间，有仆人进来递上一封书信，原来是顾粲请沈重为新选的诗社刻本作序。婉娥见父亲有事，就带上丫鬟荷香回自己绣房了。

沈重望着女儿的背影，不禁又勾起一重心事，心想：我女儿如此容貌，如此才情，绝不能委屈她配给庸俗之辈。现在顾粲他们都爱结社交友，我何不也立个文会，一来提携后生，二来还可以从中为女儿访求快婿。想到这儿，沈重很高兴，又想：这会友也容易找，顾生是世交之子，肯定要他加入。柳希潜、车本高两人都是世家子弟，也是熟识的，也可

邀来。说办就办，沈重立马写好请帖，吩咐家仆分别给这三人送去，让他们明天前来赴会。

车本高接到沈重的请帖后，先是欣喜若狂，后又发起愁来，他自己的斤两自己清楚，平日连书都不翻，哪会作什么诗呀？去了岂不是要出丑？可沈重是乡里举足轻重的人物，不去怕得罪了他，而且也不想失去这个巴结他的机会。车本高想来想去，想到了自己的妹妹，于是高兴地朝后院跑去。

别看车本高平日不学无术，可他却有个才貌出众的妹妹车静芳，与他大不相同。静芳生得美丽大方，与一般女儿不同，不喜装扮，不爱女红，却只爱读书。平日里也是在闺房舞文弄墨。按乳母钱氏的话说："我们小姐大概是要去考女状元了。"这天静芳正在房里写字，哥哥车本高从外面闯进来，让她帮忙作诗，静芳问是怎么回事，本高就把沈重请他去赴文会的事说了，又说自己不会作诗，怕到时出丑，所以请妹妹帮忙。静芳起初不愿意，说这是作弊，而且女儿家的东西不好拿给外人看。但经不住哥哥的软磨硬泡、三求四劝，最后只好答应了，并商定好到时由乳母钱氏来传递。

再说柳希潜接到请帖后，自然也要找人代作。但他家有先生谢英，平日花了钱又不用他陪读，现在终于有了用处，所以柳希潜只要吩咐一声就行了，到时候让老仆人传带，不像车本高求他妹妹那样麻烦。

第二天，车、柳、顾三人依约来到沈家赴会，与沈重见过礼。三人拜了沈重为老师，然后各自对号入座。沈重说："今天请大家来，为的是看各位的真才实学，请大家务必认真作文，不得私下讨论，至于夹带传递等作弊行为——"沈重故作停顿，车、柳二人都暗自心慌。却听沈重接着说："那不是贤者所为，我就不用防备了。"心慌的人这才放下心，并赶忙附和。沈重又说："今日作文，我会秉公评比，但谁前谁后，都不要斤斤计较，大家是以文会友，重在情谊，不在名次，这样文会才能坚持长久。"三人都点头称是。

一会儿，题目发下来，是作一首《绿牡丹》绝句。看到题目，车、柳二人都东张西望，准备伺机而动，唯有顾粲埋头苦吟。这时，柳家老仆进来送砚台，柳希潜接过笔砚，顺手把题目塞在砚盒里，并故意对老仆喊道："你出去吧，早点给我送饭来。"老仆提着空砚盒走了。柳希潜暗自高兴，觉得自己传递得太巧妙了。又听顾粲在向沈重请教如何作诗，他反正也是打发时间，就过来凑热闹。沈重说："大凡作诗，不能乱抄典故，拘于俗套，应从题外着眼，妙然天成，心裁别出。像'池塘生春草，园柳变鸣禽'这样的句子就堪称绝句。"

这边车本高可没有心思听这些，他知道柳希潜已经得手，自己也得赶快行动。于是他向沈重请假如厕，出得门来，见钱氏正在门外等候，便将偷带出来的题目往钱氏手里一塞，吩咐她早点把诗带回来，自己又回了考场。

他们传递题目的事都解决了，便又与顾粲瞎谈一些这题目如何如何难之类的话。沈重怕他们有所拘束，就自己回房去了。车、柳二人就更加放肆起来，不停地斗嘴闲聊，顾粲懒得理他们，自己低头写自己的诗。

大约又过了一个时辰，柳希潜嚷着饿了，老仆人适时走进来送饭，端饭时，就将谢英写好的诗稿递进柳希潜手中。刚巧顾粲起身咳嗽一声。柳希潜怕他以为自己夹带，就把诗稿藏好，叫嚷着顾粲若怀疑，就过来搜一搜，顾粲不愿生闲气，便说："我又没说你夹带，哪一个愿意搜你？"柳希潜又装模作样地把老仆人呵斥出去，叫他不要再进来，然后自己趁机将诗稿抄写在卷纸上。

车本高也不能闲着，他见时候不早了，就又赶紧告假如厕。柳希潜事情都办完了，便过来打趣，车也虚张声势地说谁要怀疑，就跟他到茅厕走一趟，顾粲当然也不愿理他。车本高出门后，见钱氏还没有来，心里很是着急，正左顾右盼的时候，钱氏才匆忙赶来，递上静芳的诗文，车本高接过诗稿，兴高采烈地回到考场。

不一会儿，三人的卷子都完成了。沈重出来叫仆人当面封了考卷，然后请三人吃了酒席。车、柳二人洋洋得意，觉得这回一定能超过顾粲，报上次的一箭之仇。顾粲则很没情绪，心想：我与这两个蠢才比高下，即使考在前头又有什么光彩？

沈重把卷子拿回去后，仔细审阅三人的诗文，并做了评比。婉娥小姐听说今天的文会题目也是《绿牡丹》，便趁沈重不在家的时候，偷偷把诗稿拿回来看。只见列为第一的是柳希潜的诗作，诗为："纷纷姚魏敢争开，空向慈恩寺里回。雨后卷帘看霁色，却疑苔影上花来。"

婉娥读后不禁由衷赞叹，那"苔影上花"甚是绝妙，评为第一该是当之无愧。又看第二是

中国十大喜剧故事

车本高的："不是彭门贵种分，肯随红紫斗芳芬。胆瓶过雨遥天色，一朵偏宜剪绿云。"这"一朵绿云"，用头发形容牡丹，也是别出新裁。又接着看第三是顾粲的作品，诗为："碧于轻浪翠于烟，如此花容自解怜。仿佛姓名犹可忆，风流错唤李青莲。"婉娥看了，不禁又暗暗叫绝，觉得那"青莲错唤"联想出奇，这一首与前两首不相上下，列为第三有些委屈。

婉娥把三首诗反复吟诵，又和自己作的那首比较，觉得第一首秀逸天然，自愧不如。第二首中"一朵偏宜剪绿云"与自己的"翠袖今从别样裁"异曲同工，没想到一个大男人的诗，竟是女人口气。第三首回味起来，颇有意趣，也是不甘人后的。

文会后的第二天，沈重又把三人叫来，当面评点了三个人的诗文。车、柳二人见自己在前头，自然是欣喜若狂，只是顾粲心里有些纳闷：这两个蠢才怎么会作出那么好的诗，这其中肯定是有问题。但是又没有抓住什么把柄，自己也不好说什么。只听沈重又说："我事先说过，不要看重一时的先后。你们三人的诗作都是佳篇，不相上下。理当继续努力，以后再做出好的文章来。"柳、车、顾三人唯有点头说："谨遵老师教导。"

沈重又拿出前两天婉娥写的那首小诗，假说是自己作的，请大家传看。车、柳二人不懂装懂，只连声称赞老师作的诗好。只有顾粲看出那诗不像出自沈重之手，而像一个年轻女子所写，沈重见他能品评得出不是自己的作品，很是高兴。大家又谈论了一番，三人向沈重道别。出来后，顾粲也不跟他们打招呼，自己走了。车、柳二人见这次赢了顾粲，很是得意，便商量着如何找机会羞辱他，两人嘀咕了半天，才各自回家。

车本高回到家中，先去谢妹妹静芳帮忙，静芳不以为然。他又拿出事先抄好的三个人的诗稿让妹妹品评，然后自己就出去了。静芳看了那第一名柳希潜的稿子，不禁大为惊叹，那"苔花影接"，真是妙手天成，新意别出。心想：自己平时自诩才高，没想到还有比自己强出许多的才子，可叹自己是个女儿家，不能与他结为知己，一起吟诗作文，切磋学问。又转念一想：父母早逝，哥哥又不正经，自己已到婚嫁年龄，空有容貌才学，却没有归宿，如果能与这样的才子结为夫妻，也就不枉此生了！"

这时，乳母钱氏进来，见小姐静芳拿着那几首诗沉思不语，也大概猜出了小姐的心事，便走上来说："听说还有比我们小姐的诗作得更好的，不知道是哪一位相公。"静芳告诉她是柳希潜，钱氏说："原来是和咱们家少爷常有往来的柳大官人，既然能写出这样好的诗，人肯定也不错，平时没有留意，我明天就去他家走走，看看他到底是什么样的人物。"静芳也明白乳母的心意，就让她去了。

再说钱氏是看着静芳长大的，现在静芳的父母不在了，她这做乳娘的，自然为小姐的婚事操心，一心盼望小姐能找个称心如意的郎君。所以这次她到柳家，就是要穿针引线的。

而那柳希潜拿了个第一，真是洋洋得意，回到书馆，也不把谢英放在眼里，好像那诗是他自己作的。他装腔作势地对谢英说："小弟我每次都能拿冠军，这次我精神欠佳，让谢兄帮忙，也照旧是第一。"谢英一听，鼻子都气歪了，心想：这人脸皮也太厚了，在我这儿还这样趾高气扬，还不知道在别人面前如何卖弄呢！那沈翰林也是老湖涂了，真假不辨，竟把一个白丁取作头名，真后悔自己为他作了那首诗。

谢英心里生着气，而此时柳希潜早放下那几首诗稿，出去游荡了。谢英把诗稿拿过来翻看，发现顾兄竟然是第三，而那个车本高倒是第二，再去看那诗，竟是清新秀逸，精妙雅致。谢英心想：难道那个花脸会作诗吗？ 这肯定不是他的文字，恐怕也是找别人代作的吧。谢英心里正想着，忽听外面有人叫"柳相公"。原来是车家的钱氏，钱氏本来先去了柳家宅院，家仆说柳希潜在书馆，所以钱氏也到书馆来了，正好碰上谢英，便把谢英当成了柳希潜。钱氏见谢英长得一表人才，又知道前日那夺得第一名的诗是他作的，心里很是欢喜，觉得他和静芳正好是天生的一对，自己这趟没有白来。所以她也没有多问别的，就直接说自己是车家的乳母，并开门见山地问谢英有没有婚配。谢英听她的口气好像是来给柳希潜说亲的，就将错就错，想听她说些什么。两人一来一去，一问一答，一会儿就搞清楚了彼此的状况。钱氏知道了谢英今年十九岁，尚未娶亲，想找一个才貌双全的姑娘做妻子。谢英知道了车家有个才貌出众的小姐，未曾嫁人，要找一个才华横溢的相公做丈夫。谢英又从钱氏口中得知，车本高那首诗原是车家小姐所作，心里就很是喜欢，又听得车小姐对自己那首诗也非常赞赏，心里就更是欢喜。真是千里姻缘一线牵，别人文会作弊，倒牵出这两人的好姻缘！

钱氏对谢英是诸般满意，谢英本想说出自己的真实姓名，但又怕钱氏嫌他贫寒，不肯再牵线搭桥，于是又含糊应承自己是柳希潜，想等小姐有了回话，再讲明真相。他说："小姐既爱看小生的诗，那等我再作了新的，再向小姐请教吧。"钱氏又嘱咐谢英不要把今天的谈话张扬出去，就告辞回去了。

　　钱氏回到家中，把与谢英的会面向静芳叙述一遍，并说那柳相公长得面白如玉，英俊潇洒，正好与小姐配成一对。静芳觉得只听那书生自己说，恐怕还有不妥，于是还要仔细打听。钱氏便说："听说明天大少爷要请那些会考的朋友喝酒，那柳相公也一定会来，到时小姐亲自看一看，不就知道了吗？"静芳一听，这也是个好办法。

　　第二天，车本高在家设宴，请柳希潜和顾粲喝酒。其实，这是他与柳希潜设下的圈套，为了要取笑羞辱顾粲，报上次不给他们刻文章的仇。顾粲本不愿与这等无赖小人同席吃饭，但两人三催四请，他也就不好不来。酒席间，车、柳二人你一言我一语，明里暗里地讥笑顾粲。顾粲知道他们会来这一套，所以言语上并不相让。说了半天，两人也没讨了多大便宜。于是仍不甘心，就又撺掇三人串演一出戏，就演《千金记》里韩信胯下受辱那一出，顾粲扮韩信，他俩扮淮阴少年。两人又着腿，要顾粲来钻，顾粲哪里会钻，一挥手，两人便都倒在地上，顾粲大笑着出门走了。

　　而这一幕，都被在内屋帘里的车静芳看到，车、柳二人丑态百出，洋相出尽，静芳不想再看，便转身回房了。等酒席散后，她才出来问哥哥哪一位是柳希潜，车本高告诉她就是和自己一起扮淮阴少年的那一个，静芳以为有假，又再三追问，车本高说就是他。静芳心想：此人一脸蠢相，言语粗俗，哪像个有才华的书生？而且满脸的横肉，腰粗得像磨盘，更不是乳母所说的英俊潇洒，面如白玉。难道乳母眼睛歪了，竟把一头蠢猪看成是风流才子？

　　静芳心里很是失望，想等钱氏回来问个明白。而钱氏因为今天去寺院上香，一天都没在家，到傍晚时候，她才回来。钱氏满以为静芳看了那柳相公，一定也会很满意，没想到她却说见到的是个蠢才。两人把各自所见的"柳相公"形容了一番，才知道不是一个人，也约莫猜出钱氏所见的那个肯定是别的人，也许真柳希潜的那首诗就是那假柳希潜代作的，钱氏说："既然有两个柳相公，我再去访查访查，一定能弄个清楚明白。"静芳不是嫌贫爱富的人，只看重才学，想着那书生不说出真实姓名，十有八九是因为家境贫寒。于是吩咐钱氏不要管他家世如何，见到那人要他再作一首《绿牡丹》诗来，诗好诗坏自然就能分辨出是什么样的人了。

　　再说柳希潜回到家中，第二天酒醒后，想起昨天与车本高戏耍时，看到竹帘内有人影晃动，像是个女子。他早就听说车本高有个妹妹，生得花容月貌，而且才情出众，想必昨日那帘里的人就是她。他想自己也二十多岁了，早该娶个老婆，如果能娶到车本高的妹妹为妻，那可是艳福不浅，而且以后再要写诗作文，直接找自己娘子就行了。他越想越高兴，正愁着该怎样向车家求亲的时候，正好钱氏来了。

钱氏这次见到的是真的柳希潜，看他嘴脸难看，又是个胖子，知道小姐昨天见的肯定是这个人，她跟柳希潜说来找一个也姓柳的相公。柳希潜一听就想到是谢英冒充了他，于是骗钱氏说柳家除了他没有别的相公了，进而又趁机请钱氏替他与静芳小姐牵线搭桥。钱氏见他那副德性，当然不会同意，就找借口推辞，想着今天有他在这儿，不可能见到想找的那个书生了，于是听柳希潜啰嗦了一阵，便起身走了。

柳希潜见钱氏不肯帮忙，便来找车本高商量。车本高说父母不在了，妹妹的婚事要她自己同意才行。可柳希潜等了几天，都不见回信，就想到沈重也有一位千金，同样是才貌出众，他见车家老是没消息，就想到沈家求亲。于是他到书馆偷了谢英的一本诗稿，当作自己的作品，打算送给沈翰林看，然后顺便提亲。没想到路上碰到车本高，原来车本高也早打起沈家小姐的主意，也抄了妹妹的一些诗文，来沈家求亲。

沈重见这两人都来送诗稿，又都来求亲，而且似乎各怀鬼胎，就没有答应任何一个。恰巧这时顾粲也送来自己的一些文章，并带来大社刻本的初样，请沈重删改。那两人以为顾粲也是来争当沈家女婿的，就又发生一番口角。顾粲虽然嘴上没有承认，但心里对沈小姐的才情颇为倾慕。沈重则说："我这女儿，求亲的人很多，三位都是大才，我一时也难以抉择，不如到时候哪个能科考中举，我就把女儿嫁给他。"沈重这话实际上只是推辞，他年过半百，一生阅人无数，怎么会凭一时的文章好坏就断定才学人品？又怎么会轻易把宝贝女儿许给别人呢？

而那柳希潜见沈重没有许亲的意思，便又想在车小姐那边下功夫，车本高骂他："你一边求我妹妹，一边又求沈家小姐，你也太不是人了！"柳希潜则说："如果你把你妹妹许给我，我就把沈小姐让给你。"车本高想来想去，觉得这样也不错，于是两个人背地里就你一声"大舅"，我一声"妹夫"地叫起来，又商量着怎样让车静芳答应下这门亲事。

　　而车静芳已经知道柳希潜是个什么人物，当然不愿意嫁给他。于是提出让柳希潜隔帘应考，再作一首《绿牡丹》诗来，诗作得好才答应婚事。柳希潜一听，这有什么难的？让谢英再代作一首不就行了，于是就爽口答应静芳的要求。这一天，柳希潜在车家为娶妻应考，又故伎重演，只是这次不是让老仆传递，而是等老仆把诗稿送来后，让事先串通好的车本高传递。

　　虽然车小姐和钱氏都看得紧，但没想到车本高会从中帮忙，所以柳希潜又一次得手。等诗写完后，车本高便拿给妹妹看，而静芳看了后就哈哈大笑，原来那诗为："牡丹花色甚奇特，非红非紫非黄白。绿毛乌龟爬上花，只恐娘行看不出。"这本是骂柳希潜的话，可笑这位柳大官人不懂好坏，竟都照直抄上了。静芳一看这诗就知道是别人代作的，哪有自己骂自己的？只是那代笔人倒会恶作剧，骂柳希潜是乌龟，告诉看诗的人不要上他的当。柳希潜起初一口咬定诗是自己作的，后来才知道是谢英耍弄了他，他又羞又恼，骂骂咧咧地离开了车家。

　　再说谢英自从与钱氏谈了那些话后，心里就一直想着车小姐，后来又知道钱氏去找过他一回，只是无缘碰到，他非常懊丧。正在谢英百般思念车小姐的时候，柳希潜又来找他作诗，他一听这次是去骗自己的心上人，又气又急，怎么还能再为这个白丁代笔？但他又怕柳希潜找别人帮忙，骗过车小姐。于是他急中生智，想了这样一个好主意：在诗中骂他几句，料想柳希潜也看不出来，定会照抄不误。

　　而柳希潜知道自己被谢英耍了之后，心里那个气就甭提了，他怒冲冲

地回到书馆，把谢英大骂了一顿，把他赶出去了。谢英心想：走就走，谁还希罕你那一天三顿饭，只要车小姐没有被你骗就行了。于是他高兴地离开柳家书馆。在路上，谢英寻思着没有去处，就来到顾粲家。见到顾粲，两人相谈甚欢，谢英把几日来发生的事情一一告诉顾粲，顾粲这才知道原来上次沈家文会上，车、柳二人真是有人代笔的，他们俩又谈到车小姐和沈小姐，各自对心仪的人动了情思，只愿他们这两对有情人能终成眷属。

　　沈婉娥听父亲说那几个门生又都送来一些诗稿，就又偷偷拿到自己房中来看。她先看柳希潜

的，但见那些诗的口气不像世家子弟，倒是个教书的穷秀才，又看到一首《赴柳宅新馆》，便知道这些诗不是他自己写的，那第一次的诗是别人代笔的；再看车本高的，竟又是满纸的女儿本色，便也知道这诗是出自女人之手，而不是车本高本人作的，不用说，这也是个惯会作弊的主儿；最后看到顾粲的文稿，那文采飞扬、俊逸潇洒不禁令她又赞叹起来。她翻看着那一篇篇文章，心里便十分想知道顾粲到底是怎样的一位青年才俊。正巧这时沈重进来，见她在看那些文稿，便问三人的作品如何，婉娥趁机告诉父亲这其中的机巧弊病，沈重这才知道车、柳二人的诗都是找人代作的。婉娥又说，只有顾粲的诗作是一流的，确实是真才实学。沈重见女儿大加赞赏顾粲，他又想起那天拿出婉娥的诗让他们品评时，只有顾粲认出那是女子的手笔，于是心中便有了几分意思，又与女儿商量再举行一次会考，严格考考那三个人。

　　而谢英在顾家住了没两天，车本高就听说谢英被柳希潜辞退了，于是便想把他请到自己家中，以后好帮自己作诗。因为他由于柳希潜求婚的事得罪了妹妹，怕以后再请她帮忙就很难了。于是车本高来到顾家邀请谢英，谢英正苦于无法接近车小姐，便欣然同意来到车家。

　　车本高为谢英的到来特意置办了酒席，钱氏在窗前经过的时候，恰好看到席上坐的那位正是前些日子他见到的那个书生，于是等酒席散后，她就来找谢英。谢英见了钱氏也很高兴，便告诉钱氏自己的真实姓名，又说出自己如何替柳希潜作诗让他考得第一名，又如何作诗骂柳是乌龟，使车小姐不致受骗，结果得罪柳希潜，被赶出柳家等事，钱氏一听，果然与小姐猜的不差，便让他再作一首《绿牡丹》诗，谢英沉思了一会儿，随口吟道："叶色花容殊不辨，但闻香气袭庭闱。朦胧月下宜详认，莫作刘家黑牡丹。"钱氏见他出口成章，更是高兴，就让他把刚才吟的诗写下来。谢英从命，钱氏就拿着诗稿来见静芳小姐。

　　静芳再次看到谢英的诗，不由得又笑了，说："这人也太刻薄了些，仗着自己能写几句诗，就老是骂起人来。"原来谢英的诗中又藏了一个典故：唐朝富豪讲究赏牡丹花，许多人就以牡丹炫耀富贵。有个叫刘训的人家里养了一百多头水牛，他经常指着牛对外人说："这是我们刘家的黑牡丹。"后来人们就把牛也叫作"黑牡丹"。所以谢英在诗里是说柳希潜是"黑牡丹"，让车小姐不要把自己当成他。静芳当然明白他的意思，虽然嘴上那样说，但心里却是非常高兴。她觉得谢英不但有才，还很风趣，两次作诗嘲骂柳希潜，是为了不让自己上当受骗，也可以从中看出谢英心里是有她的。钱氏见静芳开心，知道她对谢英也很中意，就不断为二人传递消息。经过多次诗文来往，两人心中也都各自确定了对方。

又过了几天，沈家文会的又一次会考开始了，虽然这次柳希潜又事先找好了一个叫范虚的秀才代笔，车本高也请了谢英，又说通了妹妹，但沈重却看得非常紧，并在开考前声明："我今天在这儿坐观各位作文，一切物品、饮食也都准备好了，各家仆人就不必再来送东西，门外若有窥探、传递的，一律不准放进来，违犯规定者重责三十大板。"车、柳二人一听暗暗叫苦，想故伎重施，无奈柳家老仆、车家钱氏等都被挡在门外，就连车本高想如厕，也给准备好了马桶。两人束手无策，如坐针毡，见题目是《辨真论》，就又问沈重题目是出自哪部书，沈重看出他俩又要胡搅蛮缠消磨时间，便三言两语就把他们打发到座位上去了。

后来两人见传递不成，就来求顾粲，哪怕让他们抄上一言半句，也不至于交白卷。顾粲心想：你们俩上次借用别人的诗文考在前头，辫子都翘到天上去了。这次再让你们抄，恐怕又不知道自己姓什么了。所以他也不理他们，自己把桌子搬到了远处。

眼看所有的路都行不通，两人实在熬不住了，便一个称头疼，一个喊肚子痛，纷纷向沈重告假回家。沈重也不勉强，就让他们出门了。两人出门后，非常不满，但又不敢再回去，只好发着牢骚各自回家了。

这边顾粲把文章作好后，交给沈重阅看，沈重看了称赞说："贤侄果然好才学，上次那两个人作弊，委屈了你。这次我特地出了《辨真论》，就是要识破他们的真面目，他俩都称病而去，说他们是白丁一点也不差。"顾粲虽然也讨厌那两个人，但也不愿背后说他们坏话，唯有对沈重的夸奖谦虚几句。沈重又说出前几天拿出的小诗是女儿婉娥所作，这次举办文会，也是为女儿招婿。既然顾粲品学兼优，便慎重地将女儿许配给他。顾粲早就猜出那首诗是沈小姐作的，并早对沈小姐存了心思，见沈重许婚，他当然非常乐意。

沈重又问上次柳、车二人的诗文到底是什么人代作的，顾粲就告诉他一个是柳家的陪读先生谢英，一个是车本高的妹妹车静芳。沈重一听，这又是才貌相当的一对，便有意撮合他们，又听顾粲说与谢英是好友，于是让顾粲邀谢英来沈家饮酒论文。

第二天，谢英依约来拜见沈重，沈见他相貌堂堂，又得知上次柳希潜的诗是他作的，便生出爱才之心。谢英也素来敬仰沈重为人磊落，又是文坛前辈，就更添几分敬重。两人一见，相谈甚欢，沈重说："听说车家小姐才华出众，上次车本高的诗就是她写的，你们两个代笔人，一个得了第一，一个得了第二，我这文会不是会考，倒成了才子佳人相互唱和了。我愿为你们做媒，不知你意下如何？"谢英正愁无人为他与车小姐的婚事作保，见沈重如此说，则又是欢喜，又是感激。谢英又说柳希潜也曾向车家求过亲，怕车小姐被柳家抢了去。沈重就好事做到底，说："这事包在老夫身上，我家也有小女通晓诗书，让车小姐到我家来住，与小女做伴，我想她定会愿意。有我在，不会让那个白丁把车小姐娶了去的。"谢英听了，自然又是万分感谢。

几天之后，沈家就以婉娥的名义请车静芳来相聚，静芳如约来到沈家，与婉娥一见如故，两人性情相投，谈论起诗文来不相上下，便互相钦佩，遂结为姐妹，静芳就在沈家住下来。静芳今年十七，长婉娥一岁，便是姐姐，两人整日在闺房里赋诗论文，好不快乐。相处久了，这姐妹俩又私下谈论谢英和顾粲，并知道沈重已把她俩分别许配给那二人，都十分欢喜。

再说今年是大比之年，沈重早早打发谢英和顾粲进京赶考。考试结束后，两人都感觉考得不错，便回吴兴等候发榜。而车本高、柳希潜二人也去参加了科考，他们早就听说沈重做主将车、沈两位小姐许了谢英和顾粲，哪会善罢甘休？于是等科考完毕，他们就来到沈家理论，一个说顾粲配不上沈小姐，一个说谢英要娶车小姐要经她哥哥同意，两个人对顾粲和谢英论上论下。但不管他们如何百般纠缠，万般刁难，都被沈重一一挡回去。这两人见沈重态度如此强硬，非常气恼，但因沈重是德高望重的前辈，又曾做过翰林学士，他们也不敢撒野强求。

最后两人说："老师曾说过，谁科举得中，就把小姐嫁给谁，如果我等兄弟不幸中举，老师可不要食言。"沈重说："中不中等发榜再说，难道我还怕了你们不成？"沈重心想，就算我说过这话又怎么样？凭你们两个白丁难道还能中举吗？车、柳二人又纠缠了半天，才悻悻而去。

可没过两天，两人又来沈家纠缠，问沈重是不是如果他们考中了就把两位小姐嫁给他们？沈重料想他们也考不中，只想尽快把他们打发走，就说："我以前说过的话当然算数，如果你们能考中，我一定不会食言，但你们若榜上无名就不要再来纠缠。"可没想到的是，沈重话刚说完，就听到外面报子来报，说车、柳二人中了，并向二人要赏钱。再问谢英、顾粲情况如何，那几个报子全说不知道。车、柳二人高兴得手舞足蹈，对沈重说他们今晚就来娶亲，然后两人扬长而去。

沈重心里纳闷：怎么有才学的不中，偏中了两个白丁？往年吴兴都有不少人中举，怎么从来没听到别人家有报的呢？这里面一定有蹊跷，绝不能让这两个蠢才把那两个好端端的女儿娶了去，于是他吩咐家人为两位小姐梳妆，连夜让她们与顾粲、谢英成亲。

静芳与婉娥也听说车、柳二人中了，而她们的意中人却都没中，正伤心难过，见仆人来给她们梳妆，以为沈重要把她们嫁给柳希潜和车本高，两个人哭得泪流满面，把镜子都摔到地上，坚决不嫁车、柳二人。直到钱氏进来说与她们成亲的是顾粲、谢英，两人才破涕为笑，高兴地梳妆打扮起来。顾、谢二人见自己没有考中，沈重仍把小姐许配给他们，心中对沈重除了敬重，还是敬重，沈重则说："你们两个的才学，我都清楚，中与不中都不重要，以后有的是机会可以再考。今日我能为小女婉娥和车小姐找到两个佳婿，已经是非常高兴了。"说完就命家人为两位相公更换衣服，准备举行婚礼。

正当两对新人拜天地的时候，车本高和柳希潜也带着人来抢亲了，他们一边对沈重说："老师不能赖婚。"一边上来拉扯顾粲和谢英，几个人扭作一团。这时，又听到外面有报子来报，说谢英和顾粲中了，一个是头甲第一名，一个是头甲第二名，又拿出录条为证，并说报录的只有他们这一起，如果另有别人报的，肯定是假的。正说着，又有人来报，说沈重被皇上重新任用，升为内阁大臣了。这真是三喜临门！

而车、柳二人眼看露馅了，就想溜。原来这两人为了把两位小姐娶到手，借着沈重说过谁考中谁为婿的话，便自己花钱，雇了假报录人。想着等成亲以后，即使沈重等人知道是假的，也拿他们没办法了。没想到沈重不上他们的当，倒先让顾、谢二人与两位小姐成亲了。

这两人正要往外溜，却被沈重叫住，沈重问车本高："车贤侄现在肯将令妹许配给谢英了吗？"车本高连忙点头表示愿意。又问柳希潜："柳贤侄可愿为这两门婚事做个大媒？"柳希潜也连忙点头同意。

于是两对新人继续喜拜花堂。礼仪完毕，有仆人来报：院中绿牡丹一齐开放。沈重大喜，说："现在才刚二月下旬，牡丹花竟全都开了，真是奇事！今日的好姻缘，都是这绿牡丹做的媒，现在它们绽放新蕊，定是来贺喜的。"整个沈家的人都欢乐非常，一齐赏花，一齐祝福新人。两对有情人终于喜结连理，并传为一段佳话。

【赏析】

吴炳(1595—1648)，字石渠，号粲花主人，宜兴(今属江苏)人。明万历年间进士，授蒲圻知县，崇祯十四年官至江西提学副使。明后，吴炳随桂王朱由榔至桂林，升为兵部侍郎兼东阁大学士。清顺治四年(1647)，清兵南下，吴炳被俘，次年正月拒降绝食而死。清乾隆时，追赠谥号"节愍"。吴炳天资聪明，少有才名，十二三岁便能填词，且善山水花鸟画，著有《说易》一卷，《绝命诗》十卷等。他的传奇著作有《绿牡丹》《疗妒羹》《西园记》《情邮记》与《画中人》，合称《粲花斋五种曲》，其剧作多描写男女爱情和婚姻故事，《绿牡丹》是其中最成功的一部。

《绿牡丹》叙写了两对才情卓绝的青年男女由慕才而相恋，最终克服两个假名士的重重阻挠，结成美满姻缘的故事。少年书生谢英，颇有才华，因家贫到纨绔子弟柳希潜家授书。柳希潜与车本高都是白丁，却喜欢冒充文士，附庸风雅。当时文会盛行，当地文坛前辈沈重，家有奇花绿牡丹，曾让女儿婉娥作小诗一首赞之。为给女儿选婿，沈重开文会，请世家子弟顾粲并车、柳二人前来应试，以绿牡丹为题作诗一首。车、柳事先找好代笔，考场作弊，取得前两名，而有真才的顾粲却屈居第三。沈重被车、柳蒙骗，而沈家小姐婉娥却识出英才。柳、车二人的代笔人分别是谢英和车的妹妹车静芳，这两个幕后代笔者看到彼此诗稿后都为对方的才华倾倒。车静芳看到头名的诗是柳希潜所作，遂生倾慕。奶娘钱氏替她去柳家寻访，歪打正着，碰上谢英，误将谢英当成柳生。谢英将错就错，从钱氏口中得知实情，慕车小姐才貌而生爱恋。柳、车二人借别人诗作取得文名，得意忘形，把顾粲请到车家羞辱，车静芳隔帘看到真柳希潜的丑态，料定他是蠢才，真才者应另有其人。柳希潜垂涎车静芳美貌，欲娶其为妻。车本高为了不让他跟自己抢沈小姐，便答应把妹妹许给他。但车静芳提出帘试，柳希潜再次让谢英代笔，谢英为了车小姐不被蒙骗，特在

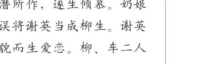

诗中骂柳是绿毛龟,车静芳自然看出诗是他人代作,拒绝了柳的纠缠。柳希潜知道被谢英耍弄了之后,把谢英逐出书馆。沈婉娥在顾、车、柳三人再次送来的诗稿中,看出车、柳的诗是别人写的,只有顾粲一个是真才。沈重再次举行文会,严加防范,车、柳无法作弊,出尽洋相,只得狼狈而归。沈重去假存真,识出顾粲才学,遂将女儿许配给他。沈又得知前一次代笔人是谢英和车静芳,他又为车、谢二人做媒,把车静芳接到自家来。而车、柳二人并不甘心,他们前来沈家纠缠,并诈称自己考中科举,要骗娶车、沈二位小姐。幸亏沈重识出他们的奸计,提前为那两对才子佳人举办婚礼。同拜花堂之时,谢、顾金榜题名的捷报传来,庭外绿牡丹一齐开放。

《绿牡丹》以文会之试揭露了当时科场考试中存在的种种弊病,真实地反映了明朝后期知识分子的精神面貌。明中叶以后,官场中贪赃枉法,科场中舞弊成风,使"赝鼎连名高列",俊才处于下位。故事中老翰林沈重主持考试时被庸才蒙蔽而不识真才的描写,正是科场混淆是非的真实写照。但作者针对科考弊病,开出"严定会规,防止作弊"的方子,治标不治本,没有对科举制度的腐败提出根本性批评,也没有认识到这是政治腐败的必然结果。但囿于那个时代的限制,吴炳作为科举出身的知识分子,是不可能完全推翻科举制度的,他能提出改革科场考试的设想,已具有一定进步意义。

故事中塑造了两个才华横溢的闺阁少女车静芳和沈婉娥。女子不让须眉,尤其是车静芳从幕后走到台前,大放异彩,她不但有才有貌,还有胆有识,热情奔放,不同于一般闺阁女子,只喜舞文弄墨,不爱针织女红,且争强好胜,见识不俗,答应替哥哥作诗,也是想把自己的诗文拿出去与别人一比高下。对于爱情她是完全采取主动的,奶娘为她寻访英才,她也不忸怩作态,掩盖自己的真实想法。当看到柳希潜后,她立刻辨出这不是真才,并提出帘试,亲自考前来求亲的柳希潜。她对不满意的婚事,一不哭,二不闹,更不闷坐不语,逆来顺受,而是以大将风范坐阵考场,将不入眼的蠢才考倒,名正言顺地拒绝了婚事。而对谢英,她猜到对方可能是因贫寒才没道出真实姓名,于是明确告诉奶娘不要嫌贫爱富。后来谢英来到她家,她更是将自己与谢英联系在一起,爱上他的才学和孤傲,最后在沈重的主持下,有情人终成眷属。车静芳以自己的胆识、才学赢得自尊、骄傲和爱情。作者赋予她美貌才情和超凡脱俗的见解,在女性地位极低的封建社会构画出这样的形象是难能可贵的,也体现了作者具有民主性的进步思想。

而沈婉娥是个典型的大家闺秀，温婉、含蓄，但她同样有超群的见识，一眼辨出真才，悄悄爱上顾粲，虽不像车静芳那样坦率，但也不屈从，当误以为父亲要把自己嫁给车本高时，她拒不梳妆。文中对车、谢的爱情做了细致的描写，而对沈、顾则用笔含蓄、繁简相宜。

故事中的柳希潜和车本高是令人发笑的人物，两个白丁借别人的诗文取得文名，就俨然以文士自居，洋洋得意，后在"严试"中原形毕露，丑态百出。文中把他们行骗得逞后的趾高气扬和舞弊暴露后的狼狈不堪进行鲜明的对照，读来令人捧腹。作者用夸张的手法把两个假名士刻画得惟妙惟肖，反映了当时一大批所谓的知识分子的面貌，也反映了当时社会文人之间败坏的风气。

而谢英和顾粲则是作者肯定的人物，也是作者期待在现实中存在的形象，他们有真才实学，并最终凭借真才赢得了洞房花烛和金榜题名。

《绿牡丹》全剧以"绿牡丹"为中心，展开冲突，牡丹花开，让沈婉娥、车静芳、谢英、顾粲施展出才华，并让他们因诗而生爱恋，双双结成良缘。同时咏绿牡丹，也让柳希潜、车本高露出丑态，现出原形。没有"绿牡丹"作引，则没有真假名士的文墨之争，也没有才子佳人的终成眷属，可见"绿牡丹"具有辨假存真，缔结良缘的双重作用，它是才子佳人的媒人，也是辨识白丁真才的引子，并且剧终皆大欢喜时，绿牡丹奇迹般全部开放，更增添了浪漫色彩。

故事中沈重以文才许婚，车、柳诈称取得功名进行骗婚时，他不以谢、顾二人未得高中而改变初衷，仍坚持将两位小姐嫁给他们，这相比于那些只重功名不重才学的封建家长，要开明进步了许多。但剧终又出现金榜题名，既落了俗套，也有点画蛇添足，减弱了前面的进步色彩。